En des temps différents pour servir la patrie
Brutus immole un fils et Tell venge le sien
Scevola dans les fers brave la tyrannie
par Rousseau l'homme instruit est sage et citoyen

AVIS DU LIBRAIRE.

Une nation qui a su combattre à la fois tous les préjugés, qui a fait retentir l'europe du bruit de ses exploits, et de ses chants de victoire, et qui a prouvé à l'univers que l'héroïsme peut s'allier à la gaîté, est un spectacle attendrissant pour la philosophie. Que diront ces rigoristes farouches, qui accusaient les Français de légèreté, lorsqu'ils les verront égaler les héros de l'antiquité, en chantant la *carmagnole* ? que diront-ils, lorsqu'ils entendront dans les camps de ces républicains, ces refrains patriotiques, qui précèdent et suivent les combats les plus sanglans.

Chez les autres nations la guerre déploie toutes ses horreurs : chez les Français, la gaîté sait couvrir de fleurs les objets les plus lugubres. Des hypocrites en révolution ont voulu transformer ces aimables républicains en sauvages, et en faire un peuple sententieux et farouche, qui n'aurait eu de la vertu que la rudesse. Laissons aux nations le caractère qu'elles tiennent de la nature. Admirons le courage des Français, et répétons ses chansons. C'est dans cette vue que nous offrons à nos guerriers un nouveau recueil d'hymnes patriotiques, sous le titre de Chansonnier de la République. Nous avons fait précéder ces chants guerriers de l'éloge des grands hommes. Puisse cette nouvelle edition être aussi bien accueillie que la première, et semer de quelques fleurs la couronne cirique de nos soldats républicains.

Nous devions cet hommage aux vertus de nos frères, et nous le leur rendons ; puisse-t'il leur être agréable, et faire passer à la postérité les traits de son courage et les sentimens de notre reconnaissance.

Nota. Les personnes qui desireront faire insérer dans ce recueil des chansons patriotiques, s'adresseront au citoyan BARBA, Libraire, rue Gît-le-Cœur, n°. 15, d'ici au Ier. fructidor, de la troisième année républicaine.

JUNIUS BRUTUS.

Rome vivait sous la dépendance de ses rois, lorsque le génie de Brutus le porta à briser les fers de ses concitoyens. Tout le peuple romain s'indignait de l'audace du tyran qui régnait sur lui ; mais ces soupirs étaient étouffés par la crainte. *Junius* lui même dissimula pour ne point laisser appercevoir son projet. Comme il était admis à la cour de Tarquin, et que l'austérité de ses mœurs était en opposition aux débauches de ce roi, il contrefit l'insensé, ce qui lui fit donner le surnom de *Brutus*, afin d'éloigner de lui tout soupçon ; mais il attendait en silence le moment favorable à ses desseins.

Le caractère voluptueux de Tarquin lui en fournit l'occasion. Ce roi, plongé dans la plus horrible débauche, veut y faire participer *Lucrèce*, femme d'une haute vertu :

A 2

elle fit de vains efforts pour résister
à la brutalité du tyran : le scandale
que cela occasionna dans Rome mit
le peuple en mouvement ; alors
Brutus , profitant de l'indignation
des Romains , les porta à chasser le
tyran , qui fut obligé d'obéir à la
volonté du peuple. Brutus sur les
ruines du trône de Tarquin fonda
la République. Mais la générosité
du peuple Romain causa une partie
de ses maux : Tarquin s'enfuit chez
ses alliés et fit déclarer la guerre au
sénat. C'est pendant la durée de
cette guerre où Brutus donna l'exemple de la fermeté la plus héroïque.
Entièrement dévoué à la cause du
peuple , il sut immoler les sentimens
de la nature pour n'écouter que son
devoir. Deux de ses enfans combat-
taient dans les légions romaines , et
tous deux , qui se souvenaient encore du luxe de la cour de Tarquin ,
laissèrent amolir leur ame en faveur
de ce tyran. C'en était fait de la
patrie , si leur complot n'eut été

découvert ; on mit sous les yeux de Brutus les preuves du crime de ses fils , c'était à lui à prononcer ; il n'hésita pas ; il les envoya à la mort.

MUTIUS SCŒVOLA.

Après la chûte du trône des Tarquins , le ravisseur de Lucrèce se retira à la cour d'Etrurie. *Porsenna* entreprit de ramener Rome au joug et de rétablir la tyrannie : ses hordes de soldats occupaient toutes les campagnes de Rome, et ce fut pendant cette lutte de la tyrannie contre la liberté, que les deux fils de Brutus trahirent leur patrie , comme nous avons dit précédemment. Cette trahison et l'exemple que *Brutus* donna au peuple, loin d'être funeste à la liberté de Rome , ne firent que donner plus d'ardeur et de force au sénat. Mille actions courageuses firent connaître aux alliés , combien il serait difficile de vaincre un peuple , qui connaissait tout le prix de

A 3

l'indépendance. Depuis trois ans Rome était assiégée par les troupes de Porsenna, lorsque *Mutius*, indigné de l'audace du roi d'Etrurie, résolut sa perte, d'accord avec trois cens jeunes gens, qui se dévouaient aux mêmes dangers que *Mutius*, dans le cas qu'il succombât avant d'avoir réalisé son projet. *Mutius* prit l'habit toscan, et parlant bien la langue de ce peuple, il n'eut point de peine à pénétrer jusqu'au camp de Personna, il parvint sans difficulté jusque dans la tente où était ce prince : il tira son sabre et en traversa le corps du secrétaire du *roi*, qu'il prit pour lui. Porsenna, effrayé, fit saisir ce jeune héros. *Mutius*, au désespoir de s'être trompé, ne répondit aux menaces du tyran, qu'en étendant sa main sur un brasier, destiné à faire des sacrifices aux dieux. Et tandis que sa main se consumait il dit à Porsenna : *j'ai voulu délivrer Rome de son persécuteur, le hazard m'a trahi, mais ta perte est assurée ; nous sommes trois cens qui aspirons à l'honneur de te détruire.* Porsenna effrayé et à la fois touché de la grandeur d'ame de ce républicain , le renvoya dans sa patrie , et se hâta de faire la paix avec un peuple qui comptait de tels hommes au nombre de ses défenseurs.

Le sénat accorda à *Mutius* un champ , au-delà du Tibre , appellé depuis cette époque , les *prés de* Mutius. Cette action sublime le fit surnommer Scœvola.

GUILLAUME TELL.

La Suisse eut son Brutus : Guillaume, aux champs d'Uri
Sut délivrer les siens d'un tyran impuni.

Tout annonce au cœur de l'homme qu'il est né libre , et tout conspire pour lui ravir des droits aussi légitimes. L'orgueil , l'ambition agitent violemment l'espèce humaine , et il est peu d'hommes assez sages pour résister à l'ascendant de dominer. Chacun se croit au dessus de son semblable , et brûle de s'y placer effectivement. De cette ambition sont nées les distinctions, les rangs et autres puérilités.

Albert de *Rocur* fut le persécuteur de la liberté des Suisses ; il envoya *Gnesler*, sous le titre de gouverneur , dans les cantons de *Sints* et *Uri*. Ce gouverneur, comme tous les gens de son espèce , opprima le peuple , qui eut la faiblesse de souffrir trop long-tems ses injustices. Guillaume *Tell*, simple archer, avait juré dans son cœur au tyran de son pays la haine la plus forte , mais il attendait un moment favorable pour la faire éclater. *Gnesler* ne cessait d'accabler les Suisses du poids de la tyrannie : il avait fait bâtir un fort qu'il nomma le joug d'extrème servitude des *Uriens*. Il fit plus , il fit lanter dans la place du marché

d'*Altorff* une longue perche, au haut
de laquelle était un bonnet : il exi-
gea que tous les *Uriens* eussent à
saluer avec vénération ce bonnet.
Tell affecta de passer plusieurs fois
devant sans se conformer aux ordres
de *Guesler* : il en fut averti, et pour
le punir de sa prétendue audace , il
l'obligea d'abattre à coups de flèche
une pomme , placée sur la tête du
plus jeune de ses enfans. *Tell* eut le
bonheur d'enlever la pomme sans
blesser aucunement son fils. *Guesler*
frémissant de rage , le fit lier et
mettre dans une barque pour passer
le lac d'Uri , et l'emmener dans cette
forteresse qu'il avait fait bâtir , et où
il le condamnait à une prison per-
pétuelle. Un orage survint dans le
trajet ; l'on représenta à Guesler que
le vrai moyen de se sauver , était de
laisser conduire la barque à *Tell*. On
le délie ; effectivement il brave l'o-
rage, mais lorsqu'il fut près du bord
il saisit son arc , s'élance sur la
poupe , et franchit l'espace qui res-

tait entre les flots et la rive , et
poussant avec force la barque , il se
donna le tems de gaguer les montagnes , et d'attendre dans un chemin
couvert que *Guesler* vint de ce côté.
Aussi-tôt qu'il l'apperçut il lui dé-
cocha une flèche , qui , en mettant
fin à ses forfaits, délivra la Suisse de
son oppression. Cette époque arriva
le 30 septembre de l'année 1307.

J. J. ROUSSEAU.

Brutus , Mutius Scœvola et Guillaume Tell servirent l'humanité en
frappant les tyrans ; *Jean Jacques*
prépara la révolution française par
ses écrits , et porta la lumière dans
les ténèbres de la législation. Moins
orgueilleux que Licurgue, plus attaché à la saine morale que ce législa-
teur , ce fut dans l'ombre et le silence qu'il rappella aux hommes les
principes et les ramena à la vérité.
Rousseau vécut pauvre et indépen-
dant. Ses conceptions hardies décé-

laient une ame à l'abri des préjugés.
Il eut des ennemis parce qu'il an-
nonça la vérité aux hommes, qui
ne sont jamais disposés à l'entendre:
il prêcha la loi naturelle; alors tous
les dévots, soutenus par la cabale
ecclésiastique, le déclarèrent un
impie, parce qu'il osait porter le
flambeau de la raison sur les erreurs
du vulgaire. On ne lui pardonna
pas d'avoir attaqué l'orgueil de nos
ci-devant *grands*, en posant en
principe, que si le fils d'un *prince*
marquait avoir du goût pour un
métier mécanique, l'on ne devait
point balancer d'en faire un cor-
donnier, plutôt qu'un riche fai-
néant, et par cela inutile à la société.
Les petites maîtresses, les femmes
du bon ton se déclarèrent aussi
contre lui, pour avoir osé les rappeler aux devoirs que leur prescrit
la nature, et avoir exigé d'elles
qu'elles nourrissent leurs enfans.
Tous ces griefs avaient peint
Rousseau, aux yeux de la so-

ciété , comme un rigoriste , né pour tourmenter le genre humain , parce qu'il avait au contraire osé rappeler les principes , qui seuls peuvent en assurer le bonheur.

Ses vues sur la législation sont d'une grande justesse , et le *contrat social* est un monument qui atteste aux yeux de l'europe la profondeur de son génie. Cet ouvrage est fondé sur l'expérience de plusieurs siècles, et devrait être plus connu , mieux senti de tous ceux qui se mêlent de politique ; une étude réfléchie de cet ouvrage garantirait peut-être les hommes de commettre des fautes en législation ; fautes dont les maux sont presqu'irréparables. Il ne suffit pas , pour la gloire d'un philosophe, de n'honorer que son nom , il faut mettre en usage ses principes et s'en servir comme d'un fanal , pour s'éclairer dans la route ténébreuse de la politique. Eh bien ce même homme , l'honneur de son siècle, après avoir été tourmenté pendant

sa vie , fut encore persécuté après
sa mort : les prêtres refusèrent de
rendre à ses mânes les devoirs qu'on
était dans l'usage de rendre au plus
vil des hommes , et cela, parce que
de son vivant il croyait en dieu ,
mais non aux cérémonies ridicules
inventées par les prêtres. Rousseau
n'alla point reposer dans un coin de
terre , qu'on croyait jadis sacrée ;
mais l'amitié lui éleva un monument plus précieux dans le même
endroit , où ce grand homme com-
posa une partie de ies ouvrages.

CHANSONNIER

DE LA
RÉPUBLIQUE.

N°. 1.

LE CHANT DU DÉPART.

LA victoire en chantant nous ouvre
 la barrière,
La liberté guide nos pas ;
Et du Nord au Midi la trompette guer-
 rière
 A sonné l'heure des combats.
 Tremblez, ennemis de la France,
 Rois ivrés de sang et d'orgueil,
 Le peuple souverain s'avance:
 Tyrans, descendez au cercueil.
 La république nous appelle ;
 Sachons vaincre ou sachons périr.
 Un français doit vivre pour elle ,
 Pour elle un français doit mourir.

Un français doit vivre pour elle,
Pour elle un français doit mourir.

Une mère de famille.

De nos yeux maternels ne craignez point
    les larmes ;
  Loin de nous de lâches douleurs :
Nous devons triompher quand vous
    prenez les armes ;
  C'est aux rois de verser des pleurs.
  Nous vous avons donné la vie ;
  Guerriers, elle n'est plus à vous :
  Tous vos jours sont à la patrie ;
  Elle est votre mère avant nous.

Deux vieillards.

Que le fer paternel arme la main des
    braves :
  Songez à nous aux champs de Mars :
Consacrez dans le sang des rois et des
    esclaves
  Le fer béni par vos vieillards.
  Et rapportant sous la chaumière
  Des blessures et des vertus,
  Venez fermer notre paupière,
  Quand les tyrans ne seront plus.

Un enfant.

De Barra, de Viala le sort nous fait
    envie ;

Ils sont morts, mais ils ont vaincu :
Le lâche accablé d'ans n'a point connu
    la vie ;
Qui meurt pour le peuple a vécu.
Vous êtes vaillans, nous le sommes ;
Guidez-nous contre les tyrans ;
  Les républicains sont des hommes,
Les esclaves sont des enfans.

Une épouse.

Partez, vaillans époux, les combats
    sont vos fêtes ;
Partez, modèles des guerriers,
Nous cueillerons des fleurs pour en
    ceindre vos têtes ;
  Nos mains tresseront vos lauriers.
  Et si le temple de mémoire
  S'ouvrait à vos mânes vainqueurs,
  Nos voix chanteront votre gloire,
  Et nos flancs portent vos vengeurs.

Une jeune fille.

Et nous, sœurs des héros, nous qui de
    l'hymenée
Ignorons les aimables nœuds,
Si pour s'unir un jour à notre destinée,
  Les citoyens forment des vœux,
  Qu'ils reviennent dans nos murailles,
  caux de gloire et de liberté,

Et que leur sang dans les batailles,
Ait coulé pour l'égalité.

Trois guerriers.

Sur le fer, devant Dieu, nous jurons à
nos pères,
A nos épouses, à nos sœurs,
A nos représentans, à nos fils, à nos
mères,
D'anéantir les oppresseurs.
En tous lieux dans la nuit profonde,
Plongeant l'infâme royauté,
Les Français donneront au monde
Et là paix et la liberté.

N°. 2.

HYMNE

A L'ÊTRE SUPRÊME.

Père de l'univers, suprême intelli-
gence,
Bienfaiteur ignoré des aveugles mor-
tels,
Tu révélas ton être à la reconnaissance
Qui seule éleva tes autels.

Ton temple est sur les monts , dans les
    airs , sur les ondes ;
Tu n'as point de passé, tu n'as point
    d'avenir ,
Et sans les occuper tu remplis tous les
    mondes ,
    Qui ne peuvent te contenir.

    Tout émane de toi , grande et pre-
    mière cause :
Tout s'épure aux rayons de ta divinité;
Sur ton culte immortel la morale re-
    pose ,
    Et sur les mœurs la liberté.

    Pour venger leur outrage et ta gloire
    offensée ,
L'auguste liberté, ce fléau des pervers,
Sortit au même instant de ta vaste
    pensée ,
    Avec le plan de l'univers.

    Dieu puissant! elle seule a vengé ton
    injure ;
De ton culte elle-même instruisant les
    mortels ,
Leva le voile épais qui couvrait la na
    ture ,
    Et vint absoudre tes autels.

O toi ! qui du néant, ainsi qu'une
    étincelle,
Fis jaillir dans les airs l'astre éclatant
    du jour !
Fais plus.....verse en nos cœurs ta sa-
    gesse immortelle,
    Embrâse-n ous de ton amour.

De la haine des rois anime la patrie;
Chasse les vains desirs, l'injuste or-
    gueil des rangs,
Le luxe corrupteur, la basse flatterie,
    Plus fatale que les tyrans.

Dissipe nos erreurs, rends-nous bons,
    rends-nous justes ;
Règne, règne au-delà du tout illimité;
Enchaîne la nature à tes décrets au-
    gustes,
    Laisse à l'homme la liberté.

N°. 3.

HYMNE A LA VICTOIRE,

Sur la bataille de Fleurus.

C'est en vain que le Nord enfante
Et vomit d'affreux bataillons;

Leur cotps est promis aux sillons
De notre France triomphante.
Fleurus, tes champs couverts de morts,
Attestent les heureux efforts
De la valeur républicaine :
Tes champs fameux par nos exploits
Ont trahi l'espoir et la haîne
De cent mille esclaves des rois.
Non, non, il n'est rien d'impossible
A qui prétend vaincre ou périr.
Ce cri: *Vivre libre ou mourir*,
Est le serment d'être invincible.

Pareils aux flots de ces ravines
Dont le bruit sème la terreur,
Ils s'avançaient, et leur fureur
Méditait de vastes ruines.
Leurs vœux se disputaient nos biens;
Du meurtre de nos citoyens
Ils ensanglantaient leurs pensées.
Ils ont paru! mais ils ont fui!
Comme ces feuilles dispersées
Qu'Éole soufle devant lui.

Le dieu que célèbrent nos fêtes,
L'Eternel combattait pour nous;
L'Eternel dirigeait nos coups,

Et frappait leurs coupables têtes.
O Fleurus ! ô vaste cercueil,
Où des rois expire l'orgueil,
Où périt l'insulaire avare ;
C'est-là qu'au fer de nos soldats,
L'anglais fourbe, lâche et barbare,
A payé ses assassinats.

Soleil, témoin de la victoire,
Applaudis nos brillans succès :
Sois fier d'éclairer des Français ;
Répends tes feux et notre gloire :
Que sur leurs trônes chancelans,
Tous les rois, pâles et tremblans,
Craignent la même destinée.
Enfin, les peuples ont leur tour,
Et leur justice mutinée
Les venge d'un aveugle amour.

Il n'est plus de lâches obstacles :
Vainqueurs sur la terre et les flots,
Tous les Français sont des héros.
Liberté ! voilà tes miracles.
L'ombre de nos seuls étendards
Fait tomber les tours, les remparts.
Le brabant nous ouvre ses portes;
Et le soufle de nos guerriers

Précipite au loin ces cohortes,
Qui menacèrent nos foyers.

O renommée! à ces nouvelles,
A ces prodiges que tu vois,
Prête l'éclat de tes cent voix ;
Ranime tes rapides aîles.
Va, par un fidèle rapport,
Glacer les despotes du Nord :
Conte au Danube, au Boristhêne,
Que vengeur de sa liberté,
Le Français, de Sparte et d'Athêne
Surpasse l'antique fierté.

N°. 4.

LE CHANT DES VICTOIRES.

Fuyant ses villes consternées,
L'Ibère orgueilleux et jaloux
A vû s'abaisser devant nous
Les deux sommets des Pyrénéos.
Ses tyrans, ses inquisiteurs,
Dans Madrid vont payer leurs crimes ;
D'injustes sacrificateurs
Deviendront de justes victimes.
Gloire au peuple français; il sait ven-
        ger ses droits :
Vive la république, et périssent les rois.

De Brutus éveillons la cendre ;
O Gracques, sortez du cercueil:
La liberté dans Rome en deuil
Du haut des Alpes va descendre :
Disparaissez, prêtres impurs ;
Fuyez, impuissantes cohortes :
Camille n'est plus dans vos murs,
Et les Gaulois sont à vos portes.

Avare et perfide Angleterre,
La mer gémit sous tes vaisseaux :
Tes voiles pèsent sur les eaux ;
Tes forfaits pèsent sur la terre.
Tandis que nos vaillans efforts
Brisent ton trident despotique,
Vois l'abondance vers nos ports
Accourir des champs d'Amérique.

Lève-toi, sort des mers profondes,
Cadavre fûmant du *Vengeur*;
Toi, qui vis le français vainqueur
Des Anglais, des feux et des ondes.
D'où partent ces cris déchirans?
Quelles sont ces voix magnanimes ?
Les voix des braves expirans,
Qui chantent du fond des abymes :

Fleurus, champs dignes de mémoire,
Monument d'un triple succès,
                              Fleurus,

Fleurus, champs amis des Français,
Semés trois fois par la victoire,
Fleurus, que ton nom soit chanté
Du Tage au Rhin, du Var au Tibre;
Sur ton rivage ensanglanté
Il est écrit : l'*Europe est libre*.

Ostende, reçois nos cohortes;
Namur, courbe-toi devant nous :
Oudenarde et Gand, rendez-vous;
Charleroi, Mons, ouvrez vos portes.
Bruxelles, devant tes regards,
La liberté va luire encore :
Plaintive Liège, en tes remparts
Revois le drapeau tricolore.

Rois conjurés, lâches esclaves,
Vils ennemis du genre humain,
Vous avez fui le glaive en main,
Vous avez fui devant nos braves.
Et de votre sang détesté
Abreuvant ses vastes racines,
Le chêne de la liberté
S'élève aux cieux sur vos ruines.

Dans nos cités, dans nos campagnes
Du peuple on entend les concerts:
L'écho des fleuves et des mers

C

Répond à l'écho des montagnes ;
Tout répète ces noms touchans :
Victoire, Liberté, Patrie.
L'Europe se mêle à nos champs,
Le genre humain se lève et crie :
Gloire, etc.

N°. 5.

LE CHANT D'UNE NÉGRESSE

SUR LE BERCEAU DE SON FILS.

Au jour plus pur qui t'éclaire
Ouvre les yeux, ô mon fils !
Toi seul consolais ta mère
Dans ses pénibles ennuis :
Si du sommeil qui te presse
Elle interrompt la douceur,
C'est qu'il tarde à sa tendresse
De t'éveiller au bonheur.

Quoi, libre dès ton aurore ?
Mon fils, quel destin plus beau !
De l'étendard tricolore
Je veux parer ton berceau.
Que cet astre tutélaire
Brille à tes regards naissans,

Qu'il échauffe ta carrière
Même au déclin de tes ans.

En ton nom, à la patrie
J'e jure fidélité.
Tu ne me dois que la vie,
Tu lui dois la liberté.
Sous le ciel qui t'a vû naître
Rétabli dans tous tes droits,
Tu ne connaîtras de maître
Que la nature et les loix.

Dieu puissant, à l'Amérique,
Ta main donna des vengeurs.
Répends sur la République
Tes immortelles faveurs.
Fais dans les deux hémisphères
Que ses appuis triomphans
Forment un peuple de frères,
Puisqu'ils sont ses enfans.

Nº. 6.

L'ORDRE DU JOUR.

Musique de Méhul.

L'ordre du jour des vilsd espotes,
C'est le crime, c'est la frayeur;
L'ordre du jour des patriotes,
C'est la vertu, c'est la valeur.
Tremblez tyrans! votre impuissance
Est le prix de tous vos forfaits :
La victoire est la récompense
Du brave et généreux français.
L'ordre du jour des vils despotes,
C'est le crime, c'est la frayeur ;
L'ordre du jour des patriotes,
C'est la vertu, c'est la valeur.

Voyez vos hordes dispersées,
Rois assassins, prêtres menteurs,
Voyez vos hordes terrassées,
Par nos immortels défenseurs.
L'ordre du jour etc.

Hanovriens, Anglais féroces,
Quoi! vous tombez à nos genoux :
Voilà donc vos projets atroces

Détruits à jamais par nos coups !
L'ordre du jour etc.

Mourez perfides, point de grace ;
Une loi vous a condamnés :
De votre poids la terre est lasse.
Vous serez tous exterminés.
L'ordre du jour etc.

Orgueilleux Pitt, tu peux répandre
Ton or, tes poisons, tes poignards,
Dans Albion réduite en cendre,
Nous planterons nos étendards.
L'ordre du jour etc.

N°. 7.

CHANSON PATRIOTIQUE.

Courageuses mères
Des guerriers Francais,
Epouses si chères,
Calmez vos regrets.
Encore à la gloire
Bornez vos desirs :

C 3

Après la victoire
Reviendront les plaisirs
Encore à la gloire
Bornez vos desirs ,
Après la victoire
Reviendront les plaisirs.

Tant que sur la terre
Vit un oppresseur ,
Qui peut de la guerre
Plaindre la rigueur ?
Il faut à la gloire
Savoir immoler
Ce que la victoire
Viendra réparer.
Il faut etc,

Quand pour la patrie
On devrait mourir ;
Lui donner sa vie ,
N'est-ce pas jouir ?
Qui sait à la gloire
Borner ses désirs ,
Trouve à la victoire
Assez de plaisirs.
Qui sait etc,

Des traits de la foudre
Nos bras vont s'armer :
Les rois dans la poudre
Bientôt vont rentrer.
Français à la gloire
Bornez vos desirs ,
Après la victoire
Reviendront les plaisirs.
Français etc.

N°. 8.

LA CHUTE DES TYRANS.

Vainement la ligue impuissante
Des rois, contre nous conjurés,
Forge d'une main menaçante
Ces fers par l'orgueil préparés.   (bis.
Nous osons braver sa furie ,
Dès qu'à la voix de la patrie ,
Des millions de défenseurs
Viennent d'armer leurs bras vengeurs. (b.

Déjà leurs phalanges unies,
S'élançant d'un commun effort ,

Au sein des hordes ennemies,
Portent l'épouvante et la mort.
Par tout la terreur les précède,
Et leur vaillance, à qui tout cède,
Fait, sur leurs trônes ébranlés,
Pâlir les tyrans consternés.

O vous ministres téméraires,
Qui, par un accord criminel,
Tramez vos complots sanguinaires
Au nom du trône et de l'autel;
Abjurez vos desseins perfides:
Contre nos efforts intrépides
Votre orgueil, las de s'épuiser,
Viendra malgré vous se briser.

De loin sur vos têtes coupables
Je vois l'orage s'avancer,
Et dans vos cœurs impitoyables
D'effroi votre sang se glacer;
Désabusés d'un long mensonge,
Terminant trop tard un vain songe;
Vous allez, vous et vos flatteurs,
Sentir le néant des grandeurs.

Je vois vos sceptres, vos couronnes
En cendres au loin dispersés:
J'entends le fracas de vos trônes

En débris sur vous renversés.
Par vous trop long-temps outragée
L'auguste humanité vengée,
Va voir au milieu des tourmens
Expirer ses derniers tyrans.

N°. 9.

HYMNE SUR L'ENFANCE.

De ton fils, jeune et bonne mère,
Préviens les cris, et les besoins ;
Ne souffre pas qu'une étrangère
Lui donne son lait, et ses soins ;
Ces soins que sa faiblesse implore,
Sont les garans de ton bonheur ;
Ah ! qu'elle en sera la douceur,
Le jour ou son cœur près d'éclore,
Palpitera contre ton cœur !   (bis.

De l'instant qu'il pourra t'entendre,
Vers le ciel élève son cœur,
En l'amusant, fais lui comprendre
Les mots de devoir, et d'honneur.
Tes droits sur lui, mère chérie,

Tes droits encor sont absolus,
Bientôt ils ne le seront plus ;
Un jour viendra qu'à la patrie
Tu répondras de ses vertus.

Songe bien que trop de tendresse
Nuit à l'enfant que l'on nourrit ;
Retiens sur-tout que la mollesse
Enerve le corps et l'esprit.
Ton fils veut un guide fidèle,
Sois son amie et son soutien,
Mais pour son bonheur, pour le tien,
Que chaque moment te rappelle
Qu'il faut en faire un citoyen.

C'est ainsi, mère tendre et sage,
Que le plaisir te sourira ;
Si ton époux est né volage,
La nature en triomphera.
Heureux de t'aimer, de te plaire,
Ton amour sera tout pour lui ;
Ton fils en sera plus chéri :
Lorsque la femme est bonne mère,
L'homme est bon père et bon mari.

N°. 10.

LES CANONS.

CHANSON PATRIOTIQUE.

Amis vos vers et vos chansons
Du salpêtre on chanté la gloire,
Mais vous oubliez les canons
Si chers au dieu de la victoire.
Honneur donc au salpêtrier,
A son art nous devons la poudre ;
Honneur encore au canonier,
Dont la main dirige la foudre.   (bis.

Canons vous étiez autrefois
(Mais depuis a changé la mode)
La raison dernière des rois :
Pour eux seuls elle était commode ;
Elle fut longtems leur appui,
Mais un ordre nouveau s'apprête ,
Et les rois perdent aujourd'hui,
L'un sa raison, l'autre sa tête.

De ces fléaux des nations,
Que nos mains renversent l'image,
Que le feu transforme en canons
Les monumens de l'esclavage :
A la fonte envoyez ces rois,
Coulez-en une batterie ;
Amis, pour la première fois,
Ils auront servi la patrie.

HYMNE

HYMNE

*En l'honneur de Barra et d'Agri-
cola-Viala.*

Air : *Du Vaudeville des petits Monta-
gnards.*

Enfans que la gloire rassemble,
Jeunes guerriers, vaillans héros,
Avec respect je vous contemple,
Et j'applaudis à vos travaux;
Contre la horde criminelle
Des tyrans de l'humanité,
Vous sutes défendre avec zèle :
La liberté, l'égalité.   (bis.

    Peuple, dans cet auguste temple,
Célèbre avec sincérité
Le plus grand, le plus rare exemple
D'audace et d'intrépidité :   (bis.
Que tour-à-tour, chacun s'empresse,
Unis par la fraternité,
D'aimer, de respecter sans cesse
La liberté, l'égalité.   (bis.

D

Les jeunes garçons.

Oui : puis qu'enfin la tyrannie
Ose prendre un ton menaçant :
Nous aussi, pour notre patrie
Nous voulons verser notre sang ; (bis.
Est-il une cause plus belle
Que celle de l'humanité ?
Nous saurons venger avec elle
La liberté , l'égalité.   (bis.

Les vieillards.

Quant à nous , si le poids de l'âge
Semble rallentir notre ardeur,
Nous avons le même courage,
Le même esprit, le même cœur : (bis.
Par les vertus , par la sagesse,
Par les mœurs , et la probité,
On peut servir dans sa vieillesse
La liberté , l'égalité.   (bis.

Les jeunes citoyennes.

France! ô notre chère patrie ,
Nous ne choisirons pour époux
Que ceux ; qui de la tyrannie
Auront su braver le courroux : (bis.

Qui prenant Barra pour modèle,
Soutiendront avec fermeté
Du peuple la gloire immortelle,
La liberté, l'égalité.   (bis.

Les mères.

Citoyennes, épouses, mères,
Nous jurons toutes en ce jour
D'élever dans les mœurs austères
Les tendres fruits de notre amour;
De nourrir en eux dès l'enfance,
La haine pour la royauté,
Et l'espoir de servir la France,
La liberté, l'égalité.   (bis.

Le peuple français à l'Etre Suprême.

Toi, dont l'éternelle puissance
Annonce à cent peuples divers
L'être unique et par excellence;
Créateur de tout l'univers :   (bis.
L'homme, ton plus sublime ouvrage,
S'élève à la divinité
Quand il défend avec courage
La liberté, l'égalité.   (bis.

BUARD, fils.

D 2

LA DÉROUTE DE COBOURG

ET COMPAGNIE.

AIR : *Ramonez-ci, ramonez-là etc.*

Triomphans , couverts de gloire ,
Français , tout vous est soumis ;
Célébrez votre victoire ,
Et criez aux ennemis :
Eh ay ! eh hu ! eh ay ! eh pouss'
   Eh ay ! eh hu !
     Vl'à comme on arrive.
La liberté guide nos pas ;
Nous savons braver le trépas ;
Victoire ici , triomphe là ;
Nos ennemis sont à *quia* ,
Cobourg dit son *mea culpa.*

Cent mille hommes , pour se battre ,
Montraient au Républicain
De la valeur comme quatre ,
   Tout en rebroussant chemin.
Eh ay ! eh hu ! etc.

« Laisse-nous la vie,
« Bon Français ! nous mourons de peur!
« Contente-toi d'être vainqueur ».
Fuyons par-ci, fuyons par-là :
C'est fait de nous du haut en bas ;
Aucun de nous n'en reviendra.

Beaulieu crut venir en France
Pour y faire son chemin ;
V'là qu'un boulet, d'sous sa hanche,
Est v'nu se fixer soudain :
Eh ay ! eh hu ! etc.
V'là qu'y reste en route.
C'grand général, comme un bênet,
Crie : A mon s'çours, *Lambesc, Clairfait!*
Chacun accourt, et lui met là
Un emplâtre qui restera :
Puis on l'emmène, et plus d'combat.

Le gros *George* et son ministre,
Ce *Pitt*, avec ses pitteux,
Lorgnent l'avenir sinistre,
Et bas se disent tous deux :
Eh ay! eh hu ! etc.
Quelle réussite !
Ces Français sont de fiers lurons !
Non, jamais nous ne les vraincrons.

Ici frappant, assommant là ;
Oh ! rien ne leur résistera. . . .
Crois-moi, crois-moi, restons-en-là.

FERRU.

LES AMIS RÉUNIS.

AIR : *C'est ce qui me console...*

Amis, buvons à la santé
De notre auguste Liberté !
  Au diable les despotes !   (bis.
Leurs grands repas, bien ennuyeux,
A coup sûr ne valent pas ceux
  Que font les Sans-culottes !   (bis.

Nos fiers soldats républicains,
En chantant de joyeux refrains,
  Font la guerre aux despotes.   (bis.
Les tyrans se mordent les doigts :
Ils voudraient bien, au lieu de rois,
  Se voir tous Sans-culottes !   (bis.

Tous les jours de nouveaux succès !
Ma foi, pour faire des progrès,
  Vivent les patriotes!

Puissent bientôt, brisant leurs fers,
Tout les peuples de l'univers
   Devenir Sans-culottes !   (bis.

THEODORE.

REGRETS *d'un captif républicain
français d'être éloigné de sa
patrie.*

   AIR : *Un Troubadour Béarnais.*

Un captif républicain,
Languissant, chargé de chaînes,
Répétait, soir et matin,
Ce refrain, source de peines:
Dois-je ne revoir jamais
Le beau pays des Français !

J'ai perdu ma liberté
En défendant ma patrie;
Et, dans ma captivité,
A chaque instant je m'écrie:
Ne pourrai-je plus jamais
Combattre pour les Français !

Vous qui m'avez enchaîné,
Que ne m'ôtiez-vous la vie!
L'homme libre n'est pas né
Pour autant d'ignominie.
Je serais mort sans regrets
Au milieu des bons Français.

Tremblez tous à votre tour,
Tremblez, infâmes despotes;
Vous disparaîtrez un jour
A la voix des patriotes :
Ils mettront tous vos sujets
Au pas avec les Français.

Malgré mes affreux revers,
Malgré mon destin funeste,
O liberté! dans les fers,
Ton amour sacré me reste!
Peut-il s'éteindre jamais
Dans e cœur d'un bon Français!

Par le cit. AUGUSTE, *acteur*
du théâtre du Vaudevil e

LA PRISE DE CHARLEROI,

AIR : *Ton mouchoir, belle Raimonde,* ou
Aussi-tôt que la lumière.

Des despotes de Versailles
Quand nous servions le courroux,
L'ennemi dans les batailles
A souvent senti nos coups.

Bis, en chœur.

Que ne doit-on pas attendre
De soldats fiers de leurs droits,
Qui combattent pour défendre
Et leur patrie et leurs loix !

Nous voyons cent mille esclaves
Se présenter à Fleurus :
Mais leur nombre, pour nos braves
N'est qu'un aiguilion de plus.

Bis, en chœur.

Si quelque tems la victoire
Est balancée en ce jour,

Elle augmente notre gloire
Et la honte de Cobourg.

Vil ramas de mercenaires,
Tremble ! nous sommes unis ;
Tu nous méconnus pour frères,
Connais-nous pour ennemis :

Bis , en chœur.

Apprends à toute la terre
Que nous sommes tous debout ;
Et qu'armé de son tonnerre,
Le Français libre peut tout.

PLANTERRE.

LA

TACTIQUE RÉPUBLICAINE.

AIR : *De la Croïsée.*

Ainsi donc, Français , chaque jour
Est marqué par une victoire :
Au nord, au midi, tour-à-tour,
Nos guerriers se couvrent de gloire,

Des doyens de l'art des combats,
Ils trompent la vieille rubrique ;
La bayonnette au bout du bras,
    Voilà notre tactique.

    Quels diables donc, que ces Français !
Dit Cobourg, fuyant au plus vite ?
Je me croyais sûr du succès ;
Et c'est moi qu'on force à la fuite.
J'avais pris mes dimensions….
C'était fait de la république ;
Mais contre de pareils lions,
    A quoi sert la tactique ?

    Il est trop vrai, répond Clairfait,
Tout calcul devient inutile ;
Le plan divin que j'avais fait,
Assurait un succès facile.
Après tout, autant que j'ai pu,
J'ai suivi la méthode antique ;
Il vaut mieux être aussi battu,
    Que vaincre sans tactique.

    Monsieur Baulieu, qui les entend,
Dit aux deux héros très-ingambes ;
Vous en parlez commodément,
Vous avez encore vos deux jambes.
Ils sont bien mal-adroits, vraiment

Ces soldats de la république ;
J'aurais mes deux pieds à présent,
S'ils savaient la tactique.

Par BIGNON.

ADIEU DU SOLDAT

A sa femme avant le combat.

AIR : *Je l'ai planté.*

Quand pour défendre ma patrie
Je vole, en guerrier citoyen,
Tendre moitié, moitié chérie,
Le ciel deviendra ton soutien.

L'avare accumule sans cesse,
Le soldat dépense aisément :
Prends cet argent, c'est ma richesse,
C'est aussi mon dernier présent.

Il faut nous séparer, ma mie :
Console-toi ; point de soupir...
Tu diras, si je perds la vie,
« Il n'était né que pour mourir.

Toujours

»Toujours présent à ma mémoire,
» Époux tendrement regretté,
» Il n'a vécu que pour la gloire,
» Il est mort pour la liberté.»

Je cours du plus grand capitaine
Partager les nobles travaux.
A la vive ardeur qui m'entraine,
Je me sens l'ame d'un héros.

Que la victoire aura de charmes,
Si, couvrant la fraternité,
Ses mains assurent à nos armes
Le bonheur de l'égalité.

Encore un été, ma chaumière
S'embellira de mes lauriers:
Tu souriras, épouse chère
Aux défenseurs de tes foyers.

Mais vois l'aurore vigilante
Dorer de ses faibles rayons
Chaque enseigne en ondes flottante
Au-dessus de nos bataillons.

Le tambour bat, appelle, appelle,
Il donne l'éveil aux dormeurs...
Peut-être une nuit éternelle
Va les plonger dans ses horreurs.

E

Bientôt, signalant leur vaillance
Mille guerriers audacieux......
Voici le moment...je m'élance...
Tendre Alix, reçois mes adieux.

LES BEAUX ARTS RÉPUBLICAINS.

AIR: *Ce fut par la faute au sort.*

Bon peuple, l'effroi des tyrans,
Qui voudraient te soumettre encore,
Ne crois pas aux discours méchans
Du lâche intrigant qui t'abhorre ;
Il te dira qu'épouvanté
Loin de nous s'enfuit le génie :
Un enfant de la liberté
Abandonne-t-il sa patrie ?

Lorsque par de barbares lois
Ma patrie était gouvernée,
Au joug des prêtres et des rois
Minerve était subordonnée,
Aux beaux arts dont elle était l'appui
Leur orgueil donnait des entraves :
Rougiraient-ils donc aujourd'hui
De n'être plus traités d'esclaves ?

Peintres, laissez vos vieux pinceaux
Pour ceux que vous offre la gloire :
Ma patrie abonde en héros,
Immortalisez leur mémoire :
Rendez l'honneur à vos talens,
Qu'ont trop avili les despotes :
Au lieu de peindre des tytans,
Peignez de braves sans-culottes.

Et vous, favoris d'Apollon,
Enfans de Virgile et d'Orphée,
Voyez au bas du saint vallon
De rage l'envie étouffée :
Pour mieux préparer nos succès,
Composez des chansons guerrières,
Et que le sodat désormais
Les chante au lieu de ses prières.

Vous, artistes de chaque état,
Qui brûlez d'une ardeur civique,
Sachez bien rehausser l'éclat
Dont brille notre république :
Liés des mêmes intérêts,
Vous n'en pourriez jamais trop faire:
Des enfans ont-ils des regrets,
Quand ils travaillent pour leur mère?

A LA LIBERTÉ.

L'amour dans le cœur d'un français.

Nous t'adorons, ô liberté !
Que ta douce voix nous inspire :
Mère de la félicité,
Tout prospère sous ton empire.   (bis.
De vivre toujours sous tes loix,
  Le français jure ;
  S'il se parjure,
Qu'il soit le vil jouet des rois.   (bis.

Vainement des rois le courroux
Contre toi se ligue et conspire ;
Vainement l'univers jaloux,
Voudrait renverser ton empire.   (bis.
De vivre toujours sous tes lois,
  Le français jure :
  S'il se parjure,
Qu'il soit le vil jouet des rois.   (bis.

Bientôt le commerce et les arts,
Par toi refleuriront en France ;
En dépit des fureurs de Mars,
Y ramèneront l'abondance;   (bis.

De vivre toujours sous tes lois,
　　Le français jure :
　　S'il se parjure,
Qu'il soit le vil jouet des rois.　　(bis.

　　　　　MALINGRE.

LA LIBERTÉ DE NOS COLONIES.

AIR : *Dans cette maison à 15 ans. (des*
Visitandines.)

　　Le savez-vous, républicains,
Quel était le sort de ce nègre
Qu'à son rang, parmi les humains,
Un décret sage réintègre ?
Il était esclave en naissant,
Puni de mort pour un seul geste.....
On vendait jusqu'à son enfant...
Le sucre était teint de son sang....
Ah! daignez m'épargner le reste...(bis.

　　Quand ils ont de leurs pouvoirs
Donné la preuve indubitable,
Qu'ont dit les députés des noirs

A notre sénat respectable ?
» Nous n'avons plus de poudre, hélas!
» Mais nous brûlons d'un feu céleste :
» Aidez nos trois cents mille bras
» A conserver dans nos climats
» Un bien plus cher que tous le reste. (b.

   Soudain à l'unanimité :
» Allez dire à nos colonies
» Qu'au desir de l'humanité,
» Par nous elles son affranchies,
» Et si des peuples oppresseurs.
» Contre un tel vœu se manifestent,
» Pour amis et pour défenseurs,
» Enfin... pour colons de vos cœurs,
» Songez que les Français vous res-
tent...   (bis.

   Doux plaisir de maternité
Devenir plus cher à négreese,
Et prendre avec fécondité
Un caractère de sagesse:
Zizi ! toi, n'étais, sur ma foi,
Trop fidèle ni trop modeste ;
Mais toi t'en feras double loi,
Si petite famille à toi
Dans caze à toi, près de toi reste...(bis.

Américains, l'égalité
Vous proclame aujourd'hui nos frères;
Vous aviez à la liberté
Les mêmes droits héréditaires :
Vous êtes noirs, mais le bon sens
Repousse un préjugé funeste :
Seriez-vous moins intéressans ?
Aux yeux des républicains blanc
La couleur tombe et l'homme reste. (b.

PIIS.

LES SANS-CULOTTES.

AIR : *De la Croisée.*

On vante toujours le passé,
Le présent n'est jamais prospère,
Disait un vieillard très-sensé :
Moi, je n'ai pas cette chimère ;
J'ai vécu pendant soixante ans
Sous les prêtres et sous les despotes,
Je n'eus jamais d'aussi bon tems
  Qu'avec les sans-culottes.   (bis

L'abbé, jadis pimpant, poudré,
N'aime pas le nouveau costume ;
On sait que c'est contre son gré
Qu'on laisse la vieille coutume.
Votre habit n'est plus de saison,
Lui dit une jeune dévote,
Qui lui trouve plus de raison
    Quand il est sans-culottes.   (bis.

En voyant un jeune français
Courir dans son leste équipage,
Aglaé dit : qu'il a d'attraits !
Qu'il paraît avec avantage !
Aglaé ne se trompe pas :
Pour une beauté patriote,
L'amour a cent fois plus d'appas,
    Quand il est sans-culottes.   (bis.

Dieux qui nous fit pour être heureux,
A ce que nous disent les prêtres,
Dans un jardin délicieux
Plaça nos deux premiers ancêtres :
S'il faut croire à cet heureux tems
Dont parle la gent à calotte,
On sait que dans l'Eden charmant
    Adam fut sans-culottes.   (bis.

Un serpent, assez bon flatteur,
Qui de plus entendoit malice,

'Adresse un propos séducteur
A notre mère un peu novice :
Toute autre eût évité l'appas ;
Mais notre Eve était un peu sotte :
L'homme, sans ce malheureux cas ,
Fut resté sans-culottes   (bis.

BAZIRE.

LORDRE DU JOUR.

AIR : *Chacun avec moi l'avouera.*

Des principes républicains
Amis vous sentez l'avantage ,
Et du devoir de citoyens
Chacun de nous offre l'image.   (bis.
Est-il de passe-tems plus doux
Pour des amis, pour des époux,
Que le patriotisme rassemble,
Que de tracer aux yeux de tous
De la vertu (2fois) le bon exemple!(bis.

Par un exemple scandaleux
On a vu les suppôts de Rome

Souvent, par d'impudiques feux,
Dégrader le bonheur de l'homme. (bis.
Aujourd'hui par de chastes vœux ,
De l'hymen nous serrons les nœuds,
Un pur sentiment nous rassemble;
Et nous offrons à tous les yeux ,
De la vertu , le bon exemple !

De ceux qui cèdent aux amours ,
Jadis je condamnais la flamme ;
Hélas ! hélas ! que de beaux jours
Se trouvent perdus pour mon ame. (bis.
La jeune Eve et le bon Adam ,
Frémissaient au nom de Satan ;
Souvent ils l'oubliaient ensemble :
Nous , pour écraser le serpent ,
De nos yeux suivons l'exemple !   (bis.

Chérissons les bons citoyens :
Le ciel nous les donna pour frères.
Ah ! s'il nous a comblé de biens ,
C'est pour adoucir leurs misères. (bis.
Aimons-les comme nos parens
Consacrons-leur tous nos instans ;
Qui que notre cœur soit leur temple ,
Et qu'à tous les autres enfans
Notre amitié serve d'exemple,

HYMNE A L'IMPRIMERIE.

AIR : *Du Vaudeville de l'Officier de
fortune.*

C'est sur l'autel de la patrie
Que des Français reconnaissans ,
En l'honneur de l'Imprimerie,
Viennent brûler un grain d'encens.
Quel citoyen mettrait en doute
Les bienfaits de cet art divin ?
Il a dû commencer sans doute ;   (bis.
Mais il n'aura jamais de fin.   (bis.

O des inventions humaines
La plus sublime invention !
On s'épuise en recherches vaines
Pour fixer ta création :
Mais, d'être auteur de ta naissance,
Si plus d'un savant s'est vanté ,
A tous, toi, par reconnaissance ,
Tu donnes l'immortalité.

C'est par toi que chaque pensée
Se change en signes de métal;

C'est par tes yeux qu'elle est classée,
A son tour, dans un ordre égal ;
C'est par tes bras qu'elle est pressée
Pour doubler de force de prix ;
C'est par tes mains qu'elle est lancée(b.
Pour atteindre tous les esprits. (bis.

Vous dont le zèle infatigable
Contraint la presse à murmurer,
Aux noirs Cyclops de la fable
Si l'on vient à vous comparer,
Loin de chercher à vous absoudre
De ces reproches superflus,
Forgez toujours, forgez la foudre (bis.
Que les tyrans craignent le plus. (bis.

De mensonges théologiques
Si vous remplîtes l'univers,
Si des poëtes impudiques
Vous multiplâtes les vers,
Renvoyez bien vîte à la fonte
Des caractères corrompus ;
N'imprimez plus que pour le compte(b.
De la morale et des vertus. (bis.

La Minerve patriotique
Qui plane en ce moment sur nous,

A

A servir la chose publique.
Désormais vous oblige tous.
Qu'il est doux à pareil ouvrage
D'employer les jours et les nuits !
Mettez tous la main au cordage   (bis.
Qui sort la vérité du puits.

L'oracle de Philadelphie ,
Franklin , dès ses plus jeunes ans ,
Joignait à la philosophie
L'exercice de vos talens.
Enfans de la même famille ,
Par tout où l'on imprimera,
Dites : que la liberté brille ,   (bis.
Et la liberté brillera.   (bis.

PIIS.

LES ENFANS DE LA PATRIE.

AIR : *Dans le sein d'une cruelle.*

Amis laissons-là l'histoire
De la sombre antiquité ,

F.

Et ces vains noms que la gloire
Fit pour l'immortalité.
  De notre vie
Ne comptons que les instans,
Qui nous ont vu les enfans,
Tous les enfans de la patrie.

  Français, dans Spartes ou dans Rome
Ne cherchez plus de vertus ;
Non, les droits sacrés de l'homme
N'y furent jamais connus.
  La barbarie
Y soutint l'orgueil des rangs,
Ils n'étaient pas les enfans,
Tous les enfans de la patrie.

  Que le flambeau de la guerre
Aujourd'hui, contre nos lois,
Embrasse tout l'hémisphère,
Pour la querelle des rois.
  O race impie !
Bientôt tes soldats tremblans,
Viendront s'unir aux enfans,
Aux vrais enfans de la patrie.

  Mais quel dieu vient de répandre
Sur nous ses feux immortels ?

Je vois se mêler la cendre
Des trônes et des autels.
   Philosophie,
Poursuis, et dans peu d'instans,
La terre n'aura d'enfans,
Que les enfans de la patrie.

  Que pour venger son idole,
Un prêtre lance à son gré
Les foudres du Capitole,
Au nom d'un dieu de bonté,
   Sa voie nous crie:
Soyez justes, bienfaisans,
Je bénirai les enfans,
Tous les enfans de la patrie.

  Liberté reçois l'hommage
D'un peuple digne de toi;
Ses vertus sont ton ouvrage,
Son bonheur est dans la loi.
   Que ton génie
Planant sur ces étendars
Sauve, au milieu des hasards,
Tous les enfans de la patrie.

L'INAUGURATION.

DE LA SORBONNE.

AIR: *du vaudeville des Visitandines.*

Mes amis , l'idée est fort bonne
D'avoir choisi cette maison;
Où déraisonnait la Sorbonne,
Pour faire un temple à la raison.

Tout mal , dit-on , par son contraire,
A coutume de se guérir :
Ici l'on a tant su mentir ,
Que la vérité doit y plaire.

Depuis long-tems le grand Voltaire
Avait prédit à ces messieurs ,
Qu'un jour on les enverrait faire
Toutes leurs parades ailleurs.

Enfin , ces véritables maîtres
Chez nous ont achevé leur tems.
Adieu dangereux charlatans ,
Adieu pour jamais tous les prêtres.

Ils nous citaient de vieux conciles
Ecrits en latin fort mauvais ;
Mais nous, à tous ces imbécilles,
Nous avons parlé bon français.

Nos canons chassent ceux de Rome,
Qui, ma foi, n'en reviendront pas,
Oublions tout ce vain fatras;
Sachons par cœur les droits de l'homme.

Adorer un être suprême,
L'espoir du juste est son appui ;
Ce qu'on desire pour soi-même,
Le faire toujours pour autrui.

Voilà sans dispute et sans schisme
Des articles de foi certains ;
Voilà, des vrais républicains
En trois mots, tout le cathéchisme.

LES SOLDATS FRANÇAIS.

AIR : *Servir l'amour et la patrie, c'est le devoir d'un bon français.*

France, ton courage héroïque,
Pendant la saison des autans,

F 3

Aoudrait-il à la république,
Soumettre aussi les élémens ?
Tu dédaignes les jours de Flore,
Bravant les rois et les frimats.
Liberté, peux-tu craindre encore (bis.
Quand les Français sont tes soldats?

Hâtes les travaux de la guerre,
Peuple sensible et généreux,
Et que bientôt un tems prospère,
Succède à ces jours désastreux !
Mais du dieu Mars la voix sonore,
Proclame toujours les combats ;
Liberté, peux-tu craindre encore ? (bis.
Tout les Français sont tes soldats

A LA RAISON.

AIR du Vaudeville d'Epicure , ou un autre sur la même mesure.

Quand le ciel eut formé notre être
Laissa-t-il l'homme à l'abandon ?
Lui donna-t-il pour guide un prêtre?
Non : dans nous il mit la raison.

Raison ! par ton heureuse adresse,
On sent moins le mal, mieux le bien :
Perd-on fortune, amis, maîtresse,
Si tu restes, l'on ne perd rien.

Mais où t'adresser notre hommage,
Souveraine de l'univers ?
Chez le dieu du vin on t'outrage,
Et l'amour te donne des fers ;
Tu fuis le palais du despote,
Tu détestes les charlatans :
C'est au foyar du patriote
Que brûle ton plus pur encens.

Tu pares d'une fleur nouvelle
Epicure, ainsi que Zénon ;
Et les graces ont leur chapelle
Dans le temple de la raison :
Mais en folâtrant sur leurs traces,
Le sage évite les abus ;
Il sait ne carresser les graces
Que sur les genoux des vertus.

Au feu sacré de la patrie
Que ton flambeau soit allumé !
Guide, éclaire notre génie,
Quand, par elle, il est enflammé.
Nous vivrons dégagés de chaînes,
En dépit des tyrans jaloux :

Mais fais, en étouffant les haines,
Qu'en vrais frères nous vivions tous.

HYMNE

A L'ETRE SUPRÊME.

AIR: *dans le sein d'une cruelle.*

A la raison triomphante
Consacrons cet heureux jour ;
Que la fête soit brillante,
L'erreur s'enfuit sans retour :

    Etre-suprême,

Nous te devons nos succès;
Fais nous aimer à jamais
La république dans toi-même.
Fais nous, etc.

De l'antique idolatrie
Brisons le joug odieux ;
Immolons à la patrie
Le culte de nos ayeux;
    Etre-suprême,
Tu protèges les Français;

Fais nous aimer à jamais
La république dans toi-même.

C'est le dieu de la nature
Que nous voulons adorer ;
C'est avec une ame pure
Que je dois le révérer :
    Etre-suprême,
Secondes tous nos projets ;
Fais nous aimer à jamais
La République dans toi-même,

Que la justice propage
L'évangile de nos droits ;
Qu'il soit transmis d'âge en âge
Avec la haine des rois :
    Etre-suprême,
C'est ainsi que les Français
Honoreront à jamais
La république dans toi-même.

Si le cours de notre vie
Se marque par des vertus,
Il sera digne d'envie ;
Et, quand nous ne serons plus,
    Etre-Suprême,
Pour couronner tes bienfaits,
Fais nous revoir à jamais
La république dans toi-même.

         CHARLES CHAINEAU.

L'ADOPTION.

AIR: *La comédie est un miroir.*

Le bienfaiteur sourit en paix
Aux heureux dont il est le père ;
Entouré de ceux qu'il a faits,
Il songe à ceux qu'il pourrait faire.
Chaque jour il cueille le fruit
Des biens que ses dons lui ravissent,
Sa bienfaisance l'appauvrit,
Ses jouissances l'enrichissent.

Homme inhumain ! sois, comme lui,
Sensible au cri de la misère
L'infortuné cherche un appui,
Oublieras-tu qu'il est ton frère ?
Ah ! le ciel au gré de nos vœux,
Egalement le ciel nous aime ;
Adopter l'être malheureux,
C'est honorer l'être-suprême.

Oui, par le ciel, par la raison,
L'adoption est consacrée ;
Et parmi nous l'adoption

Cesserait d'être révérée !
Chez elle habite l'amitié ;
De ses vertus c'est la première,
Tendre fille de la pitié,
Du sentiment elle est la mère.

Des jours heureux de l'orphelin,
L'adoption hâte l'aurore,
Au vieillard elle tend la main,
Et le veillard veut vivre encore.
Il n'est de biens qu'en tout tems
L'adoption ne nous procure,
Elle nous donne les enfans
Que nous refuse la nature.

Ah ! qu'à jamais honte et malheur
Poursuivent le riche coupable,
Qui, sans rougir, ferme son cœur
Sur les besoins de son semblable ;
Qu'il soit par la fraternité
Rayé de la liste civique.
Qui n'aime pas l'humanité
Ne peut aimer, la république.

DESFONTAINES.

LA RAISON DU SAGE.

AIR : *du Vaudeville de l'Officier de fortune.*

Si tu veux que l'homme t'implore
Et qu'il te chante dans mes vers,
O raison, permets qu'il honore
Celui qui forma l'univers,
Ne remplace pas l'imposture
Par une plus funeste erreur,
Et ne parles de la nature
Que pour faire aimer son auteur.

Que tout respecte ton empire,
Et règle sur toi ses désirs.
Celui que la raison inspire
Peut seul goûter de vrais plaisirs,
Mais n'aide pas à l'imposture
A semer parmi nous l'erreur
Qui voudrait placer la nature
Sur le trône de son auteur.

Un soufle divin nous anime,
Et dit à l'homme vertueux,

Quand

Quand l'injustice ici l'opprime,
Qu'il a son vengeur dans les cieux.
Cet espoir confond l'imposture
Qui prêche la funeste erreur,
Que nous rendrons à la nature
Ce qui nous vient de son auteur.

Donne des loix même au génie,
O raison ; qu'il n'ose sans toi :
Franchir la distance infinie
Que dieu mit entre l'homme et soi,
Terrasse avec lui l'imposture ;
Mais loin de nous la triste erreur
Qui ne proclame la nature
Que pour détruire son auteur.

GUEROULT.

G

LE PERE DE FAMILLE

RENDU A LA LIBERTÉ.

ROMANCE PATRIOTIQUE.

AIR : *Comment goûter quelque repos.*

Le ciel a puni les tyrans ;
Enfin il a brisé nos chaînes :
Il me fait oublier mes peines
Entre les bras de mes enfans.
Gages chéris de ma tendresse,
Ah! pressez-moi tous sur vos cœurs!
Nos yeux versent encor des pleurs,
Mais des pleurs de joie et d'ivresse.

Dévoré par de longs ennuis,
Loin de vous et de votre mère,
Je savais souffrir ma misère ;
Mais je pleurais sur mon pays.
Pourquoi, d'une plainte inutile,
Aurais-je troublé mon repos?
L'espérance adoucit mes maux,
Un cœur pur est toujours tranquille.

Sénat auguste , généreux,
Notre bonheur est ton ouvrage;
Et nous t'offrons le simple hommage
De notre amour et de nos vœux !
Du fer sacré de la vengeance
Si la justice arma ta main,
Elle fit de toi le soutien
Du malheur et de l'innocence.

GOUPIGNY.

LA COALITION DES ROIS,

*Mis en déroute par les sans-cu-
lottes.*

POT-POURRI DRAMATIQUE.

PITT.

AIR : *Or écoutez etc.*

Or écoutez grands et petits,
Dans cette enceinte réunis ;
Sous votre forme naturelle,
Un secret que je vous révelle :

Si la France n'a le dessous,
Vous serez découronnez tous.

Ne comptez plus sur les combats :
Vos généraux et vos soldats
Ne font contre la carmagnole,
Rien qu'une défense frivole :
Or, les gens qu'on ne peut dompter,
Je crois qu'il faut les acheter.

LE ROI D'ANGLETERRE.

AIR : *de Joconde.*

Acheter tout à prix d'argent
Alliés et marine,
Charette, Hébert, mon parlement,
Tout cela me ruine,
Vous m'avez fait perdre l'esprit
Dans ce remu-ménage.
Les sans-culottes, monsieur Pitt
Me mettent tout en nage.

L'EMPEREUR.

AIR: *La comédie est un miroir.*

Ah ! George, pour nous remplumer
Fesons des emprunts de commande,
Car ces Français me font trembler
Pour la Belgique et la Hollande.
Craignons que si la liberté
Gagne l'un et l'autre hémisphère,
Le sceptre ne nous soit ôté,
Vous pour la mer, moi pour la terre.

L'IMPÉRATRICE DE RUSSIE.

AIR: *et zon, zon, zon.*

Je compte peu sur vos succès,
Et vous ne me verrez jamais
Vous aider qu'en promesse;
A vous tromper tous sans façons
Comme princes aliborons
On verra mon adresse.

G 3

Epuisez-vous dans le Brabant ,
Et vous m'assurerez d'autant
  Du grand croissant
  Le sceptre attrayant
Qui m'occupe sans cesse.

LE SHATHOUDER.

AIR: *nous nous marierons dimanche.*

  Un peu trop au frais
  Dans mes grands marais,
Je crains d'enfoncer,.....je tremble.....
  Guillaume , accourez,
  Et me secourez ,
Pitt vous a payé.....je tremble... .
  Au moindre vent ,
  D'un accident , je tremble....
Car les Français de moi sont si près
  Que pour mes états je tremble.

LE ROI DE PRUSSE.

AIR : *Que le sultan Saladin.*

Si vous me connaissez bien,
Frère, ne redoutez rien :
Ma profonde politique
Dans la nuit sur-tout s'applique
A calculer les hasards.
Je parts ;
Vous verrez mes étendarts
Par-tout le bonheur m'accompagne
Comme en Champagne. bis.

BRUNSWICK.

AIR : *A la façon de barbari*.

Avec Guillaume de Berlin
J'ai fait une campagne,
Tout exprès pour goûter le vin
Des côteaux de Champagne.
A peine eut-il bu six flaccons,
La faridondaine, qu'un bruit de ca-
nons
Nous força de gagner pays,
Tous deux gris
A la façon de barbari
Mes amis.

LE ROI D'ESPAGNE.

AIR: *Tandis que tout sommeille*

Voilà donc où nous mène
La coalition !
Servir l'ambition

De Londres et de Vienne.
Tout le midi
Requiert merci
Pour ses fautes sans bornes ;
Mais s'il en obtient le pardon,
Je crains que l'inquisition
Malgré tant de contrition ,
Ne me laisse mes cornes.

LE ROI DE NAPLES.

AIR : *Du haut en bas.*

Mon frère , hélas !
Entre le Vésuve et la guerre,
Quel embarras !
Vous m'avez jetté dans le las.
A ce tripot qu'avait-je à faire?
Ma femme seule a fait l'affaire,
Plaignez mon cas.

LA REINE DE PORTUGAL.

Air : *Je suis Madelon Friquete.*

Je suis reine de Brésil ,
Je vends du tabac en boutique,
Pourquoi donc Pitt le subtil,
M'a-t-il embrouillé dans ce fil
Qui met tant de rois en péril,
Contre une seule république
Qui veut tous les renverser ?
Au premier qui va sauter
J'irai gambarder en Afrique
Pour jouir en sûreté
Et de paix et de liberté.

LE ROI DE SARDAIGNE.

Air: *Digne Jannette.*

Mes destinées
Sont tristes, hélas !
Mes états
Par les guinées
Ne se sauvent pas ;
Car les armées
De nos ennemis
Trop hardis
Sont arrivées
Sur le mont Cénis.

Toute montagne
Fait trembler les rois ;
Cette fois
Une campagne
M'a mis aux abois,
Je vais donc faire
Transporter enfin
De Turin
Le Saint Suaire
à Jérusalem.

LE PAPE.

AIR : *de la Bourbonnaise.*

La liberté française
Sur tous les trônes pèse :   (bis.
Tous les peuples à l'aise
Chantent l'*alleluia*..... ah ! ah !
Mais le courroux céleste
Sur nous se manifeste,
Et le chant qui nous reste
N'est que le *libera*.... ah ! ah !

AIR: *Malborougk.*

Depuis qu'on fait la guerre,
Je vois que l'encens de la terre
Vers nous ne fume guère :
Franchement, rois unis
Dites m'en votre avis.

Lé roi d'Espagne.

Moi, j'en suis peu surpris :
Ces forbans d'Angleterre

Vrais

Vrais auteurs de notre misère,
Sur mer, comme sur terre
Chassés et poursuivis
Par nos fiers ennemis
Ont réduit en taudis
Le tiers de l'hémisphère ;
Prenez donc bien vîte, saint père,
Prenez la clef de Pierre,
Ouvrez le paradis.

Le Pape.

C'est bien dit, si je puis ;
Mais je vous avertis
Que j'ai la main peu sure
Pour bien enfiler la serrure ;
Mettez-vous en posture
D'implorer le très haut.

(*Ils regardent tous la montagne et chantent*
en chœur.)

Ciel, que vois-je là haut ?
Ce sont ou peu s'en faut,
Alpes ou Pyrennées
De sans-culottes couronnées.
Ah ! sur nos destinées
Le tems brandit sa faulx.

(*Les sans-culottes paraissant sur la mon-*
tagne.)

AIR: *de la Marseillaise.*

Allons , enfans de la patrie ,
Vengeons la france et l'univers;
Arrachons à la tyrannie
Et ses couronnes et ses fers.   (bis.
Voyez là bas dans cette enceinte
Rugir ces féroces tyrans ;
Entendez leurs cœurs palpitans
Dévorés de crainte et de honte...
Aux armes, citoyens! voyez leur lâcheté
Céder , céder , au cri puissant de notre
        liberté.

AIR : *Veillons au salut de l'empire.*

Veillons au salut de la terre ,
Son salut , c'est la liberté :
Aux tyrans , présentons la guerre;
Aux peuples la fraternité ,
Marchons, marchons, dispersons comme
        la poussière.
        Ces vils mortels
Dont l'orgueil exigeait des autels;
Et que dans la nature entière
        Par nos travaux
Les humains soient égaux.

Air : *de la Carmagnole.*

Des rois les beaux jours sont passés;
L'égalité les à chassés :
Peuples à leur tour
Feront aux gens de cour,
    Danser la carmagnole ;
Vive le son, vive le son,
    Danser la carmagnole
Vive le son du canon.

Air : *Aussitôt que la lumière.*

Fleau de la race humaine,
Rois, vos soldats sont vaincus :
La france républicaine
Les met en fuite à Fleurus :
L'empereur perd son royaume,
A Mons, Bruxelles et Louvain;
Et le sceptre de Guillaume
Va se perdre dans le Rhin.

AIR : *du pas de charge.*

Parmi les tygres, les lions,
Rois, allez prendre place;
Le vœu sacré des nations

De nos climats vous chasse.
Sur un despotisme infernal
Quand l'europe s'explique ,
Pitt va vous servir d'amiral
Pour passer en Afrique.

LES JEUX DE L'ENFANCE.

AIR : *Mon petit cœur à chaque instant
soupire.*

Mes chers enfans , mon plaisir est
   extrême
De vous trouver en récréation ;
Je ne viens point vous ennuyer d'un
   thême .
Ni vous troubler par une version.
Comme Socrate, en père, et non en
   maître ,
Je viens, aux noix, m'amuser avec vous;
Mais, en passant, je vous ferai connaître
Un sens moral caché dans vos joujous.

Contre les flancs de ces sabots rapides,
Si vous voulez qu'ils tournent sans repos,

Dirigez tous vos lanières rigides ;
Frappez, fouettez, et dites vous ces mots ;
« C'était ainsi qu'à grands coups de
    houssines
« Le pédantisme osait nous gouverner ;
« Mais des enfans, n'étant point des
    machines ,
« Doivent au bien d'eux-mêmes se tour-
    ner.

Carte sur carte , ils dominaient sur
    table ,
Et les voilà par mon souffle applatis ,
Ces vains châteaux , modèle véritable
De ceux qu'en pierre on a jadis bâtis.
Les ci-devant, pour en couvrir la terre,
Se consumaient en efforts superflus ;
La liberté riait de les voir faire ,
Elle a soufflé, les châteaux ne sont plus.

Ce cerf-volant, qui, malgré sa ficelle,
La tête en haut , s'élance dans les airs,
Et qui, tout près de la voûte éternelle ,
Plane en repos sur le vaste univers ;
C'est le français, dans sa sphère nou-
    velle ,
Le front levé , jouissant de ses droits ;

H 3

Mais aux vertus , mais aux mœurs trop
    fidële
Pour n'y pas être attaché par les loix.

    Sur les deux bouts de cette balançoire,
Puissiez - vous suivre un égal mouve-
    ment !
Vous offrirez, à qui voudra m'en croire,
Le vrai tableau d'un bon gouvernement.
Par son poids seul , il faut que le mérite
S'élève en place , alternativement ,
Et que la loi puisse observer de suite
Celui qui monte et celui qui descend.

    Les voyez-vous ces quilles indolentes
Que le hazard se plut à disperser ?
Sur trois de front, ces neuf sœurs arro-
    gantes
Vont, si je veux, tout-à-coup se dres-
    ser.
Tels , les tyrans, qui dormaient à la
    ronde ,
Se sont, en bloc, réunis contre nous ;
Mais cette boule est l'image du monde
Qui, tôt ou tard, les renversera tous.

    Que dirons-nous de ce ballon volage
Que l'un à l'autre ici vous vous lancez?

Tant qu'il bondit, il prête au badinage,
S'il se déchire , alors vous le laissez.
C'est l'émigré , dont se rit maint des-
   pote ,
En ayant l'air d'accueillir son besoin :
Il s'enfle, il saute, et puis on le balotte,
Et puis il crève , oublié, dans un coin.

   Un savon trouble a formé les bou-
   teilles
Que cette paille enfante tour-à-tour :
En grossissant, elles sont plus vermeil-
   les ;
Mais un instant les détruit sans retour.
Tel , dans la fange un complot peut
   éclore ,
Et même en beau d'abord se colorer ;
Mais il grossit, et d'encore en encore ,
L'air, par bonheur, le fait s'évaporer.

   Mais le tambour s'unit à la trompette :
Je vois briller des fusils , des drapeaux.
J'entends déjà sur la terre indiscrète
Vingt petits pieds marquant leurs pas
   égaux.
Ah ! voilà bien l'espoir de la patrie !

Continuez , mes petits citoyens:
Par de tels jeux, votre enfance aguerrie,
Pour l'avenir lui promet des soutiens.

Piis.

LE BAL PATRIOTIQUE.

AIR: *de la Carmagnole.*

La gloire un jour donnait un bal ; (bis.
Oh ! ce fut un beau bacchanal !   (bis.
  Au lieu de violons,
  Mille et mille canons
  Jouaient la carmagnole,
    En faux bourdon ;   (bis.
  Jouaient la carmagnole,
  Mars leur donnait le ton.

La gloire invitait les passans :   (bis.
Messieurs, messieurs, entrez céans! bis.
  Vous serez satisfaits ;
  Car, pour vous , tout exprès,
  J'ai fait venir de france

Des instrumens,   (bis.
Qui marquent la cadence
Et font danser les gens.

Soudain paraissent des Prussiens, (bis.
Des Espagnols, des Autrichiens, (bis.
Et puis des Hollandais,
Puis enfin des Anglais,
Gens de belle encolure;
   Mais pour danser,   (bis.
Une haute stature
Ne fait qu'embarrasser.

Beaulieu, Cobourg, d'Yorck, Clairfait,
S'étaient déguisés au parfait,   (bis.
Les uns en généraux,
Les autres en héros:
La gloire en leur présence,
  Disait tout bas:
Chez moi, lorsque l'on danse,
On ne se masque pas.

C'étaient en effet des intrus,   (bis.
Que jamais elle n'auait vus;   (bis.
Pour mieux s'an assurer,
Elle leur fit jouer
L'air de la carmagnole

En faut bourdon ,   (bis.
L'air de la carmagnole'
Au bruit , au bruit du canon.

Ivre de punch et de claret ,   (bis.
D'Yorck en prince figurait :   (bis.
  C'était plaisir vraiment
  De l'entendre jurant
  Goddem la carmagnole,
    Ah ! c'en est fait !   (bis.
  Goddem la carmagnole ,
  Je vais au cabaret.

Au prince succède un balourd,   (bis.
C'était le maréchal Cobourg :   (bis.
  L'Allemande il voulait ;
  Mais le canon jouait
  L'air de la carmagnole ;
    Et le butor,
  Las de la carmagnole ,
  Se sauve et court encor.

Clairfait voulut en essayer ,   (bis.
Son air gauche le fit siffler ;   (bis.
  Dès le troisième pas,
  Beaulieu boitait tout bas ;
  Alors chacun de rire

Dé l'Allemand ,
Qui honteux se retire ,
Et fuit clopin clopan.

La gloire seule s'ennuyait,   (bis.
Et le bal déjà finissait ;   (bis.
Arrivent des guerriers ,
Tous couverts de lauriers ,
Chantant la carmagnole ,
Et puis le son ,   (bis.
Chantant la carmagnole
Et puis le son du canon.

La gloire dit : je vous connais ;   (bis.
A coup sûr, vous êtes français ;   (bis.
Soyez les bien venus ,
Et ne nous quittons plus ;
La gloire tint parole :
Pour annoncer cette union ,
Mars , de la Carmagnole ,
Entonna la chanson.

DANTILLY.

CONSEILS

A DES JEUNES GENS.

AIR: *du Vaudeville de la Soirée Orageuse.*

Jeunes filles, jeunes garçons,
Qu'en ces lieux la raison rassemble,
Pour mieux apprendre ces leçons
Il faut que nous causions ensemble.
Je n'ai pas d'un triste censeur
Le ton dur, sa morale austère,
Je veux parler à votre cœur,
Comme un jeune ami, comme un frère.

Point de mœurs, point de liberté,
Des français tel est le systême ;
Unis par la fraternité,
Nous devons tous penser de même.
A fuir les vices, les abus,
Que chacun constamment s'applique,
Et nous n'aurons que des vertus
Pour embellir la république.

Ne soyons jamais fils ingrats,
L'homme, chétive créature,

Vo ir

(97)

Voit l'opprobre suivre ses pas,
Dès qu'il a quitté la nature :
Ce principe est vrai mes enfans,
Malheur à quiconque l'oublie ;
Ceux qui n'aiment pas leurs parens,
N'aimeront jamais leur patrie.

AUGUSTE.

LA MORALE DES RÉPUBLICAINS.

AIR : *Je connais un berger discret, ou
j'avais à peine 17 ans.*

Français puisqu'enfin la raison
Nous guide et nous éclaire,
Confondons par notre union
Les tyrans de la terre.
Pour les vaincre, n'avons-nous pas
Quatre chose certaines,
Du fer, du salpêtre, des bras,
Et du sang dans les veines ?   (bis.

Soyons justes, soyons humains,
Sages, prudens, sincères,
Respectons les sacrés liens,

I

De fils, d'époux, de pères:
Foulant à nos pieds abattus,
L'intrigue et l'artifice;
Français honorons les vertus
Sur les débris du vice.   (bis.

Pour culte, adorons l'éternel,
Avec une ame pure;
Notre cœur est son seul autel;
Son temple est la nature:
Cessons par d'inutiles soins,
D'implorer ce grand être;
Ne prévit-il pas nos besoins,
Quand il nous donna l'être?   (bis.

Toi, dont je bénis chaque jour
Et conçois l'existence!
Grand dieu, compte sur mon amour,
Sans que ma main t'encense:
Protège, soutiens, tu le dois,
Notre liberté sainte;
Sur nos fronts soumis à tes loix,
Reconnais son empreinte.   (bis.

Arrête et punis les complots:
Conserve à la patrie;

Ce roc fameux vainqueur des flots
Et des vents en furie ;
Fais que la foudre en mille éclats
Partant de la montagne,
Ecrase les vils scélérats
Que le crime accompagne.   (bis.

Donne à la sainte égalité ,
Que tu créas toi-même,
Ce charme , cette aménité
Qui fait le bien suprême ;
Si l'on te sers de bonne foi,
Ainsi que tu dois l'être ,
Grand-dieu! c'est qu'entre l'homme et toi
Tout vient de disparaître.   (bis.

Daigne des peuples souverains
Conserver la mémoire,
Remets à leurs vaillantes mains
Le soin de la victoire,
N'a-tu pas au brave français
Commandé le courage ?
Il t'obéit par ses succès ,
Sa gloire est ton ouvrage.   (bis.

BUARD.

I 2

STANCES

CONTRE LE LUXE.

Air *du* *Vaudeville de la soirée Orageuse.*

La nature au peuple français
A commandé la république,
Et nos bras avec succès
Terrassent l'hydre tyrannique :
Mais la république à son tour,
Commande une morale pure ;
Et nous devons de jour en jour,
Nous rapprocher de la nature.   (bis.

Aux yeux d'un vrai républicain
La soye orgueilleuse et bruyante
Se déroule et s'étale en vain ;
Son éclat n'a rien qui le tente.
Il songe qu'à des fils si beaux,
Le luxe seul donna naissance ;
Et croit la Toison des agneaux
Plus propre à vétir l'innocence.

De sa femme et de ses enfans
Jamais le riche ne raffolle ;
Dans de nombreux appartemens
Pour rêver seul , il les isole ;
Mais lui , ce n'est pas sans raison
Que de gaîté sont front pétille ,
Il n'a qu'un feu dans sa maison
Pour s'entourer de sa famille.

Métal perfide , or séducteur ,
Chez nous tu n'as plus rien à faire :
Pour prix des arts , de la valeur,
C'est du laurier que l'on préfère ;
Perds à jamais l'espoir flatteur
D'être agréable ou nécessaire :
Et par ta propre pesanteur
Rentre aux abîmes de la terre.

Accélérons ce tems heureux
Où nous pourrons dans nos contrées ,
Faire un échange généreux
De sentimens et de denrées ,
On n'ira pas chercher bien loin
Une amitié douce et durable ,
On n'éprouvera qu'un besoin ,
Celui d'obliger son semblable.

PIIS.

I 3

ODE A L'ARMÉE FRANÇAISE.

Air: *du vaudeville de l'Offic ier de for-*
tune.

L'airain tonne : Français aux armes;
Les dangers sont plus menaçans.
Marchons, loin de nous les alarmes !
Quels qu'ils soient nous sommes plus
    grands.
Fiers de combattre pour un maître,
Qu'ils s'avancent pour nous dompter;
Fiers de combattre pour un maître
Qu'ils s'avancent pour nous dompter.
Nos ennemis se font connaître.
Est-il besoin de les compter ?
Nos ennemis se font connaître,
Est-il besoin de les compter,
Est-il besoin de les compter ?

Ils sont tombés avec leur crime,
Ces scélérats, qui trop longtems
Bravaient un peuple magnanime,
Et le vendaient à des tyrans.
Tous, comme de légères ombres,

Ont fuit devant la vérité ;
Il ne sont plus...de leurs décombres
J'ai vu sortir la liberté.

Point de trève avec le perfide ,
Guerre éternelle avec les rois !
Mais que l'innocence timide
N'ait pas à pleurer nos exploits :
Par-tout où nous trouvons un homme
Amis, versons-y des bienfaits ;
Portons l'olivier sous le chaume
Et la flamme dans les palais.

Qu'ils joignent la fourbe à la rage ,
Sous des rois on est vil comme eux :
Nous les surpassons en courage,
Soyons plus, soyons généreux.
Que du Rhin , du Tage et du Tibre
Les tyrans, en tout soient vaincus :
Montrons qu'en jurant d'être libre ,
On jure toutes les vertus.

LE SUR.

A LA PHILOSOPHIE.

AIR : *Jeune et novice encore.*

Sainte philosophie
Dont les brillans succès
Couronnent l'énergie
Des valeureux Français,
D'un poëte fidèle
A chanter ta douceur,
Du plus sublime zèle,
Embrâse ici le cœur !

Sous les règnes barbares
Des prêtres et des rois,
Mille tyrans avares
Etouffèrent ta voix :
Il est tems que tu planes,
Dans ton vol immortel
Sur les débris profanes
Du trône et de l'autel !

Quand la victoire éclate
Et brille à tous les yeux,
n doux espoir te flatte,

Bon peuple, sois heureux:
La raison qui t'éclaire,
Ramenant le bonheur,
Vient consoler la terre
Des crimes de l'erreur.

Sous cette voûte antique
Qu'embellit son retour,
La vérité s'explique
Et triomphe à son tour :
Soudain, comme un vain songe,
A son aspect frappant,
Tous les dieux du mensonge
Rentrent dans le néant!

Envain l'hypocrisie,
Terrible en ses fureurs,
Arme la ligue impie
Des plus vils oppresseurs ;
Envain ces brigands rêvent
Que tout cède à leurs lois!
Quand les peuples se lèvent
Que deviennent les rois?

Près de sa dernière heure
Recueillant ses esprits,
Le fanatisme pleure
Et jette les hauts cris :

Le monstre trop funeste
Tombe, enfin, abattu ;
Mais la raison nous reste,
Nous n'avons rien perdu.

T. Rousseau.

LA PIÉTÉ FILIALE.

AIR: *Du vaudeville de l'officier de fortune.*

O vous qui tenez l'existence
De deux époux qui ne font qu'un ;
Des auteurs de votre naissance
Faites le bonheur en commun :
Alors que les rameaux s'élancent
Du tronc qui sert à les nourrir,
Sur sa tête ils ne se balancent
Que pour l'orner et le couvrir: (bis.

Nous n'avons pu, dans notre enfance,
Compter les baisers maternels,
Ni pendant notre adolescence
Calculer les soins paternels ;
Mais la raison, mais la sage

Nous démontrent qu'à notre tour ,
Nous devons beaucoup de tendresse
A qui nous donna tant d'amour.

Est-ce son père qu'on respecte ?
Est-ce sa mère qu'on chérit ?
Cette controverse suspecte
Ne se juge point par l'esprit.
Père et mère nous ont fait naître
Et leurs droits à nos sentiments
Sont tels qu'entr'eux le cœur semble être
Comme un fer entre deux aimants.

Républicain ! puisque notre ame
S'anime encore par des tableaux ,
Vois Enée , à travers la flamme
Portant son père sur son dos.
Approche aussi , républicaine ;
Un bel exemple t'est donné ;
Contemple une beauté romaine
Allaitant son père enchaîné.

Tôt ou tard , il faut qu'on l'endure
Ce jour , le plus affreux de tous ,
Où nos parens , par la nature ,
Sont moissonnés auprès de nous;
Mais telle est la douleur secrette
D'un fils sensible et généreux ,
Que , même en mourant , il regrette
De n'ê voir pu mourir pour eux.

Si la loi juîve, un peu grossière,
Autrefois nous disait crûment :
» Honore ton père et ta mère.
» Afin de vive longuement ; »
Voici désormais la manière
Dont nous changerons ce discours:
» Aime ton père, aime ta mère,
» Afin de prolonger leurs jours. »

PIIS.

FACÉTIE PATRIOTIQUE

AiR: *de l'hymne de la ci-devant St.-Jean,*
ut queant queant laxis.

On a si souvent
Abusé du plein-chant,
Qu'il faut, sur-le-champ,
Patriotiquement,
Consacrer le chant
Employé ci-devant
A fêter Saint-Jean.

Le roi très-vaillant
Du peuple Castillan,

Approche,

Approche, en lorgnant
Bayonne et Perpignan ;
 Puis, des deux piquant,
Recule en invoquant
 La vierge et Saint-Jean.

A *Pitt*, en fumant,
Le roi *Georges* le grand
 Dit : mon cher agent,
Le cas est très-urgent ;
 Mets dorénavant
En herbes, dans ton plan,
 Toute la saint Jean.

Le prince Allemand
Brusque le mouvement :
 Sur le dos brillant
De son aigle insolent,
 Unanimement,
Mesurons, en frappant,
 L'air de la saint Jean.

Victor, se voyant
Dépouillé du Mont-blanc,
 Dit, en marmottant :
Je me vois, sous un an,
 S'ils vont de l'avant,
Vêtu légérement
 En petit saint Jean.

L'émigré, comptant
Sur un complot marquant,
De son logement
Donnait congé gaiement :
Mais il le reprend
Pour le terme courant,
Jusqu'à la saint Jean.

Le pape, voulant
Montrer qu'il a pourtant
De la tête autant
Qu'aucun autre tyran,
Montre saintement,
Dans sa chasse d'argent,
Le chef de saint Jean.

Sept peuples puissans,
Malgré le droit des gens,
Depuis bien long-tems,
Contre un seul combattant,
Font les arrogans,
Et sont tous sur les dents :
Oh ! les braves gens !...

Leur bande s'attend
A quelque événement :
Par un feu roulant,
Que le canon ronflant,

Sérieusement,
Leur fasse en un moment
Danser la saint Jean !

PIIS.

ROMANCE.

SUR LA MORT DE BEAUVAIS.

Amis répandons des pleurs
Sur la mort d'un français fidèle :
En couvrant son tombeau de fleurs,
Rendons sa mémoire immortelle ;
Faut-il qu'échappé des cachots
Que lui creusa la tyrannie,
Beauvais, succombant à ses maux,
Meure en retrouvant sa patrie.

Monstre ! lui criaient les Anglais,
Qui t'a fait d'une voix perfide
Contre ton roi sans nuls respects,
Prononcer un vœu parricide ?
Contre le dernier de nos rois,
J'ai dû montrer cette énergie :
Qu'il revive et j'aurai deux fois
Voté sa mort pour ma patrie.

K 2

France, si par des fils ingrats
Ta confiance fut trompée,
Si la tête des scélérats
Par le fer des loix est frappée,
Sèche tes pleurs: que de Beauvais
Dans ton sein la cendre accueillie,
Te console de leurs forfaits
Par son amour pour sa patrie.

AIR : *Comment goûter quelque repos.*

A présent chez les bons Français,
C'est a qui célèbre le zèle
De ce républicain fidèle,
Dont on admire les succès;
Sur ses exploits l'on se recrie:
Tout citoyen devient guerrier ;
Brûlant d'obtenir le laurier
Que lui présente sa patrie.   (bis.

Dans chaque état l'on peut trouver
Les vertus comme le courage;
Ils ne sont point un héritage,
L'on sait aujourd'hui le prouver:
Nature en mère bonne et sage
Sur ses enfans versa ses dons :
L'orgueil fut père des barons,
La raison détruit son ouvrage.   (bis.

AIR: *Vous qui d'amoureuse aventur.*

Français, ton bonheur se prépare ;
L'Anglais voit terminer son sort,
Et sur cette horde barbare
Nous lançons les traits de la mort :
Anglais,
Anglais,
Meurs en servant la tyrannie.
Français,
Français,
Qu'excite un plus noble délir,
Soutiens ta devise chérie
De vivre libre on de mourir.　　　(bis.

Après la guerre et le carnage
Nous verrons renaître la paix.
Le Français dira d'âge en âge,
Elle est le prix de nos succès.
Liberté,
Liberté,
Conduis notre patriotisme :
Tyrans,
Tyrans,
Tremblez a l'aspect des héros :
Sous les débris du despotisme
Nous allons creuser vos tombeaux.

K 3

AIR : *de la Croisée.*

Les derniers momens de Rousseau
A nos cœurs offraient quelques charmes;
Mais il approchait du tombeau :
Cette idée arrachait des larmes ;
Et nous éprouvons aujourd'hui
Une plus douce jouissance,
Quand de notre immortel appui
On nous offre l'enfance.　　　　(bis.

A former nos mœurs et nos lois
Son bon cœur travaille sans cesse,
A l'homme il a donné ses droits,
Son Héloïse a la jeunesse,
Et peu content s'il obtenait
La commune reconnaissance,
En même temps il destinait
Son Emile à l'enfance.　　　　(bis.

LE TAMBOUR PATRIOTE.

AIR : *Lucas un jour dans la prairie.*

Moi seul du brave volontaire
Augmente ou tempère l'ardeur,

Et mon instrument nécessaire
Est le guide de sa valeur ;
A la breloque il est fidèle,
La charge a pour lui des appas,
Dans les camps ou près d'une belle
Le Français toujours est au pas.   (bis

COUPLETS

Chantés au Temple de la Raison, section du Panthéon Français.

AIR *du camp de Grandpré.*

Quand le peuple sommeille,
Il est aux pieds des rois ;
Mais dès qu'il se réveille,
Il leur dicte des lois.
Fiers tyrans de la terre,
Dont l'orgueil osa tout,
Rentrez dans la poussière,
Votre maître est debout.

Long-temps, par votre audace,
Il se vit outragé ;

Sa patience est lasse,
Il faut qu'il soit vengé.
Fiers tyrans, etc.

Un despote osa dire :
Mon caprice est ma loi,
La France est mon empire,
Le peuple est né pour moi :
Mais ce roi sanguinaire,
Dont lorgueil osa tout,
Il dort dans la poussière,
Et son maître est debout.

De la philosophie
Le règne est arrivé ;
Sur ma triste patrie
Son soleil s'est levé ;
Le peuple enfin s'éclaire.
Tyrans, qui braviez tout,
Rentrez dans la poussière,
Votre maître est de bout.

Il luit sur la Montagne,
Ce soleil radieux,
L'éclat qui l'accompagne
A dessillé nos yeux ;
Tout le peuple s'éclaire.
Tyrans, qui braviez, etc.

Cet astre plein de gloire
Annonce un double sort,

Aux peuples la victoire,
Aux despotes la mort.
Fiers tyrans de la terre,
Dont l'orgueil osa tout,
Rentrez dans la poussière,
Votre maître est debout.

Pour les réduire en poudre,
On voit tout s'empresser ;
L'un va forger la foudre,
L'autre court la lancer.
Fiers tyrans, etc.

Que le tonnerre gronde,
Et ne se taise plus
Que pour apprendre au monde
Que les rois sont vaincus.
Fiers tyrans de la terre,
Dont l'orgueil osa tout,
Rentrez dans la poussière,
Les Français sont debout.

Que nul peuple ne craigne
Nos efforts, nos succès;
Que l'égalité règne,
C'est le vœu des Français :
Et vous, rois de la terre,
Tyrans qui braviez tout,

Rentrez dans la poussière,
Vos maîtres sont debout.

Que par la race humaine
Il ne soit plus porté
Que l'innocente chaîne
De la fraternité :
Que les rois de la terre,
Les rois qui bravaient tout,
Restent dans la poussière
Et les peuples debout !

Par le citoyen Crouset, de la Section du Panthéon Français.

STANCES

CONTRE L'ATHÉISME,

Chantées à la section des Tuileries, le décadi 20 Germinal, et le lendemain sur le théâtre du Vaudeville.

AIR : *du Vaudeville de l'isle des femmes.*

Les vertus à l'ordre du jour
Chassent l'intrigue ténébreuse ;
Les vertus veulent tour-à-tour
Rendre la république heureuse...
Si l'Etre suprême à nos loix
A daigné présider lui-même,
Citoyens, sans aller aux voix,
Proclamons donc l'Etre suprême.

Vainement l'athée aura fui
Derrière une épaisse cabale
On va descendre, malgré lui,
Dans sa conscience immorale ;
Et, de ses plans épouvanté,

Chacun aisément verra comme
Il voilait la divinité,
Pour mieux voiler les droits de l'homme.

Il se peut qu'un républicain,
Egaré par un vain sophisme,
Se penche, sans mauvais dessein,
Sur le gouffre de l'athéisme :
Mais la raison doit lui crier,
Pour le remettre en équilibre :
» Tu n'es pas libre d'oublier
» Celui qui t'a fait naître libre. »

Quel temple pourrait le borner,
Quand toujours il nous environne ?
Et que pourrions-nous lui donner
Qu'avant lui même il ne nous donne ?
Montrons-nous donc reconnaissans
Du bienfait de notre existence ;
Les vertus sont le seul encens
Qui soit digne de sa puissance.

Incrédules qui voudriez
Voir l'Etre suprême et l'entendre ;
Avec des mœurs vous le pourriez ;
Mais aux champs il faudrait vous
rendre.

Tête.

Tête-à-tête avec une fleur,
C'est-là qu'au bord d'une onde pure
On entend un Dieu dans son cœur
Comme on le voit dans la nature.

Par le citoyen Pis.

COUPLETS

*Sur la fin héroïque et courageuse
de l'Equipage du Vaisseau* le
Vengeur.

AIR : *Veillons au salut de l'empire.*

Prenons la trompette guerrière,
Fesons retentir les échos
De la valeur héréditaire
De douze cents mille héros !
Liberté ! Liberté ! l'univers va chérir
ton culte !
Tyrans, tremblez, car un peuple libre
est vainqueur :
Le républicain qu'on insulte
Est vengé, s'il n'est pas Vengeur !

L

Lâches Anglais , que votre histoire
Sut toujours si bien peindre en beau,
Conserverez vous la mémoire
De notre intrépide vaisseau ?
Embrâsé , démâté , de l'esclavage qu'il
déteste
L'aspect hideux à l'équipage vient s'of-
frir...
Mais son courage encor lui reste :
Il vécut libre , il sait mourir !

Le feu redouble , l'airain tonne,
Tout l'équipage est sur le pont ;
Il ne voit rien que la colonne
Qui l'attend dans le Panthéon :
Bénissant et chantant la patrie et sa
destinée,
Il voit la mort , et n'en est que plus af-
fermi :
La mer gémit , s'ouvre étonnée...
Le fier Vengeur est englouti !

Vils suppôts de la tyrannie,
Machines qu'on nomme soldats ,
Voulez-vous voir l'horreur punie ?
Comptez vos morts dans les combats :
Charleroi , Mons , Fleurus , Ostende ,
Tournai , Gand , Bruxelles ,

Cédez , fléchissez devant le français en
   fureur :
  Vous n'eûtes que les étincelles
  Du feu qu'alluma le Vengeur !

  Vous que tout républicain pleure,
  Vous , martirs de la la liberté,
  Ah ! de votre sombre demeure
  Entendez ce cri répété:
Nous jurons de punir ceux qui vous
   coûtèrent la vie,
Vos noms sacrés seront les flambeaux
   de l'honneur:
  Quand vous mourez pour la patrie,
  Chacun de nous est un Vengeur !

Par RAVRIO.

A L'ARBRE DE LA LIBERTÉ.

AIR : *Arbre charmant , qui me rappelle.*
(Romance d'*Estelle,*

Arbre chéri , bien doux emblême
De notre auguste liberté !
Toi qui planta l'égalité,
Du français Déité suprême ;
Crois chaque jour, crois sous nos yeux,
Du bonheur (bis.) gage précieux ! (bis.

Elève ta tête immortelle ,
Qu'elle plane à l'abri du tems ;
De cent orages menaçans
Ta tige sortira plus belle !
Crois chaque jour, crois sous nos yeux,
Du bonheur (bis.) gage précieux! (bis

Un jour , sous ton épais feuillage ,
Dormirons nos heureux enfans ;
La paix régnera dans nos champs,

Et l'amitié sous ton ombrage !
Jurons, jurons fraternité
Sous l'arbre (bis.) de la liberté !   (bis.

Quand les bergers du voisinage
Viendront prendre part à nos jeux,
Arbre chéri, courbe sur eux
Tes rameaux épaissis par l'âge !
Jurons, jurons fidélité
Sous l'arbre (bis.) de la liberté.   (bis.

Lance sur nous tes vives flammes,
Liberté, sainte Liberté !
Près de toi . que l'égalité
Ravisse, transporte nos armes!
Jurons, jurons mort aux tyrans !
Liberté ! (bis.) reçois nos sermens! (bis.

Par Taleirat , *demeurant à*
Brioude.

L 3

SUR LE SUCCÈS DE NOS ARMES.

RONDE.

Air du Vaudeville du maréchal: *Tôt tôt.*

Au bruit ronflant de cent canons,
Chantons, valeureux compagnons,
Chantons le succès de nos armes
Sur les barbares Autrichiens:
De *Guillaume* et de ses Prussiens
Doublons les mortelles alarmes:
    Tôt, tôt, tôt,
    Battons chaud,
    Tôt, tôt, tôt,
    Bon courage:
Contre les tyrans faisons rage.

Les satellites consternés,
De tous ces monstres couronnés
Ont appris, aux coups de nos braves,
Qu'un soldat de la liberté,
Quand il est par elle exalté,
Vaut mieux lui seul que cent esclaves:
    Tôt, tôt, etc.

Que *George* force les Anglais
'A seconder ces vains projets,
Il fait très-bien, le bon hère,
Car, sage ou fou, ... roi ?
Et ce *George-dandin*,
Doit la danser tout comme les autres :
   Tôt, tôt, etc.

 Mais voici bien un nouveau cas :
Pour augmenter notre embarras
Survient *Charlot*, sire d'Espagne,
Qui prétend nous mettre à *quia* ;
Le pauvre sire en sortira
Comme *Brunswick* de la Champagne :
   Tôt, tôt, etc.

 Que dire du *Nassau* cruel,
De cet oppresseur de Tessel,
Qui d'un peuple qu'il assassine
Usurpe insolemment les droirs ?
Qu'il va faire, avec tous les rois,
Un petit tour de guillotine :
   Tôt, tôt, etc.

 Souffrirons-nous que plus long-tems
Sur nous règnent ces vils brigands,
Qui, sous l'affreux nom de despotes,

Brûlent d'asservir l'univers ?
Non ; leur mettre l'ame à l'envers,
C'est le devoir des patriotes :
  Tôt, tôt, etc.

J'ai vu tous ces rois orgueilleux
Portant leurs têtes dans les cieux,
Et dans leurs mains tenant la foudre,
Ne se plaire qu'à la lancer :
Grands dieux ! je n'ai fait que passer,
Et déjà tous ils sont en poudre !
  Tôt, tôt, etc.

Ainsi par mes heureux couplets,
J'électrisais tous les Français,
Tandis que nos bouillans *Achilles*,
Vainqueurs à Maestricht, à Breda,
Chantant à grand chœur *ça ira*,
Couraient prendre cent autres villes :
  Tôt, tôt, tôt,
  Battons chaud,
  Tôt, tôt, tôt,
  Bon courage ;
Contre les tyrans faisons rage.

Par le citoyen T. Rousseau.

CHANSON PATRIOTIQUE.

Air nouveau.

Quels accens ! quels transports ! par-
tout la gaîté brille !
La france est-elle donc une seule famille ?
Aux lieux même où les rois étalaient
leur fierté,
On célèbre la liberté.   (bis.

Est-ce une illusion? Suis-je au siècle de
Rhée ?
J'entends chanter par-tout d'une voix
assurée :
Nous ne reconnaissons, en détestant les
Rois,
Que l'amour des vertus et l'empire des
loix.

Quel spectacle enchanteur ! au nom de
la patrie
Tout s'anime, tout prend une nouvelle
vie ;
Le veillard semble encor, par sa viva-
cité ,

Renaître pour la liberté.　　　　(bis.

Et l'enfant accusant la faiblesse de l'âge,

S'irrite d'être jeune, et chante avec cou-
　　rage :

Nous ne reconnaissons , etc.

Enfant , guerrier , vieillard , épouses ,
　　filles et mères ,

Le riche citoyen , l'habitant des chau-
　　mières ,

Tous jurent , réunis par la fraternité ,

De mourir pour la liberté.　　　(bis.

En chassant les Tarquins , Brutus ne
　　vit que Rome ;

Pour réformer le monde , imitons ce
　　grand homme ;

Ne reconnaissons plus , en détestant les
　　rois , etc.

Jadis d'un oppresseur l'injuste tyrannie

Assouvissait sur nous sa fureur impunie ,

Et l'homme vertueux , dans la captivité ,

　　Soupirait pour la liberté.　　　(bis.

Maintenant l'homme juste a brisé ses
　　entraves ;

Les Français indignés de s'être vus es-
　　claves ,

Ne reconnaissent plus , etc.

Peuples qui gémissez sous un joug ty-
   rannique,
Venez voir le Français à la fête civique;
Comparez vos terreurs à la sérénité
   Des enfans de la liberté.   (bis.
Comparez a vos fers, ces guirlandes lé-
   gères
Que portent, en s'embrassant, tout un
   peuple de frères ;
Vous ne reconnaîtrez, en détestant les
   rois,
Que l'amour des vertus et l'empire des
   loix.

ARIETTE

DE TOUTE LA GRÈCE.

Où vont tous ces peuples épars ?
Quel bruit a fait trembler la terre
Et retentir de toutes parts ?
Amis, c'est le cri du dieu Mars,
Le cri précurseur de la guerre,
De la guerre et de ses hasards;

Mourir pour la patrie,   (bis.
C'est le sort le plus beau, le plus digne
                    d'envie.

Français, laisserions-nous flétrir
Les lauriers de notre patrie!
Sous le joug faudra-t-il fléchir!
Aurions-nous vaincu pour souffrir
Un tel excès d'ignominie!
Ah! plutôt mille fois périr!
Mourir pour etc.

Ces hordes que nos bras vengeurs
Avaient tant de fois terrassées,
Ces esclaves seraient vainqueurs!
Peuple libre, à tes oppresseurs
Verrais-tu la france livrée?
Non, j'en gage par la valeur:
Mourir etc.

Français ralliés à ma voix
Sous les loix qui sont votre ouvrage;
C'est là l'égide de vos droits;
L'ennemi vaincu tant de fois
Provoque encore votre courage:
Volez à de nouveaux exploits.
Mourir etc.

Entendez

Entendez ce soldat vainqueur
Mourant d'une noble blessure...
Amis ! pourquoi votre douleur ?
Ce sang qui coule au champ d'honneur
D'un vrai guerrier c'est la parure ;
C'est le gage de la valeur.....
Mourir etc.

Et toi , seconde nos efforts,
Liberté , liberté chérie ,
Dirige nos bouillans transports ,
Courons affronter mille morts
Pour nous soustraire à l'infamie ,
Et chantons d'un commun accord.
Mourons etc.

Oui : j'entrevois ce jour heureux
Où la liberté triomphante
Ramène les ris et les jeux ,
Plus de combats , de maux affreux.
Dans la france libre et puissante ,
Retentira ce cri joyeux :
Vivre pour la patrie etc.

M

COUPLETS

*Sur la prise d'OUDENARDE et
de GAND, chantés au théâtre
du Vaudeville, les 22 et 24
Messidor.*

AIR *du Vaudeville de la Soirée Orageuse.*

Nos vaillans Français, que tout roi
En tremblant aujourd'hui regarde,
Après avoir pris Charleroi,
Ont pris Mons, Ostende, Oudenarde:
Aussi l'effroi devient-il grand
Dans toutes les cours souveraines ;
Car nos guerriers pour prendre Gand,
N'ont parbleu pas pris de mitaines.

COUPLETS

SUR LA PRISE DE BRUXELLES,

Chantés au théâtre de la rue Feydeau.

AIR : *Que le Sultan Saladin.*

Qu'un Soldat Républicain
De triompher soit certain,
Pour lui c'est un droit de guerre
Qu'il a sur toute la terre;
Le ciel dirige sa main.
   Eh bien ! eh bien !
Tremblez, Prussien, Autrichien;
Nous crions, volant à la gloire :
   Mort ou victoire! (bis.)

Qui pourrait prendre, en passant,
Gemmnap, Oudernade et Gand,
Chasser les gens de Nivelle,
Et pousser jusqu'à Bruxelle?...
C'est le Français d'à-présent!...

Frappant , sabrant ,
Chacun dit, en s'élançant :
Amis , couvrons-nous tous de gloire :
Mort ou victoire! (bis).

Qu'une aveugle région
Laisse exister un Bourbon,
Dans la Cerdaigne Espagnole
Qu'on danse la carmagnole
Au bruit de notre canon !
C'est bon, très-bon;
On s'accoutume à ce son !...
Nous plaçons ces mots dans l'histoire
Français et gloire :
Mort ou victoire!

Que nos sacrés étendarts
Flottent sur tous les remparts
De la ville de Bruxelle ;
Ecrasons, dans notre zèle,
Les lys et les léopards !
Epars, épars ,
Rois !... fuyez de toutes parts :
Le Français est couvert de gloire.
Mort ou victoire! (bis.)

Que *Pitt*, ce féroce Anglais ,
Furieux de nos succès ,

Soldant de vils émissaires,
Cherche à désunir des frères
Qui sont libres à jamais !...
Français ! Français!...
Tu puniras ces forfaits !...
Cet insecte de la Bretagne
Craint la Montagne. (bis.

Par Ferru , employé à la commission de commerce et d'approvisiannemens.

COUPLETS

SUR LA REPRISE DE TOULON,

Chantés au théâtre du Vaudeville, le septidi 7 nivôse.

AIR : *Cadet Roussel.*

L'anglais s'imaginait, à tort,   (bis.
Qu'il resterait dans notre port.   (bis.
Il disait avec arrogance :
Nous serons mieux logés en France.
Ah ! oui, vraiment
Les Anglais sont de bons enfans.

M 3

Voyez donc ce grand monsieur Pitt (b.
Comme il est devenu petit.   (bis.
Il nous fesait la guerre en traître :
La trahison retourne à son maître.
     Ah ? oui , vraiment
Milord Pitt est un bon enfant.

Ménagez votre coffre-fort ,   (bis.
Chez nous n'achetez plus de port. (bis.
Votre or peut faire des emplettes ;
Mais notre fer fait des conquêtes.
     Soyez marchands ,
Et nous nous serons conquérans.

Les Français ne sont pas ingrats , (bis.
Vous serez payés de vos pas.   (bis.
Messieurs chez vous rentrez bien vîte ;
Nous vous rendrons cette visite.
     L'Français vraiment
Sut toujours agir poliment.

Quand vous êtes venus chez nous,(b.
Nous allions nous rendre chez vous(b.
Vous vouliez venir jusqu'au Louvre ;
Nous allons débarquer à Douvre :
     Et là vraiment
Préparez notre logement.

Par le citoyen AUGUSTE, *acteur*
du théâtre du Vaudeville.

COUPLETS

A J. J. ROUSSEAU.

Air : *Je l'ai planté, je l'ai vu naître.*

Bienfaiteur de la tendre enfance,
Qui protégeas nos jeunes ans,
Rousseau, de la reconnaissance
Entends les timides accens.

Loin des sentiers de la nature
Nos pères étaient entraînés ;
Mais ta voix bienfaisante et pure
A ses loix les a ramenés.

Nous n'entrerons plus dans la vie
Sous l'escorte de la douleur :
Par toi notre enfance embellie
Sera l'aurore du bonheur.

Nos jours à des mains étrangères
Ne seront plus abandonnés ;
Nous pourrons, sous l'œil de nos mères,
Croître libres et fortunés.

Aux jeux innocens et paisibles
Livrant nos folâtres desirs,
Jamais des sentimens pénibles
Ne viendront troubler nos plaisirs.

Si la mort, au printems de l'âge,
De nos ans moissonne la fleur,
En descendant au noir rivage
Nous aurons connu le bonheur.

MARCHE DES MARSEILLAIS.

Allons, enfans de la patrie,
Le jour de gloire est arrivé,
Contre nous de la tyrannie
L'étendard sanglant est levé ;   (bis.
Entendez-vous dans les campagnes
Mugir ces féroces soldats ?
Ils viennent jusques dans vos bras,
Égorger vos fils, vos compagnes.
Aux armes, citoyens, formez vos ba-
     taillons :
Marchons, marchons, qu'un sang im-
     pur abreuve nos sillons.

Que veut cette horde d'esclaves,
De traîtres, de rois conjurés ?
Pour qui ces ignobles entraves,
Ces fers dès long-tems préparés ?   (bis.
Français, pour nous, Ah ! quel outrage
Quel transport il doit exciter !
C'est nous qu'on ose méditer
De rendre à l'antique esclavage !
Aux armes, citoyens ! etc.

Quoi ! des cohortes étrangères
Feraient la loi dans nos foyers !
Quoi ! ces phalanger mercenaires
Terrasseraient nos fiers guerriers ! (bis.
Grand dieu ! par des mains enchaînées
Nos fronts sous le joug se ploieraient !
De vils despotes deviendraient
Les maîtres de nos destinées !
Aux armes, citoyens ! etc.

Tremblez, tyrans, et vous perfides,
L'opprobe de tous les partis !
Tremblez ! vos projets parricides
Vont enfin recevoir leur prix.   (bis.
Tout est soldat pour vous combattre ;
S'ils tombent, nos jeunes héros,

La terre en produit de nouveaux,
Contre vous tous prêts à se battre.
Aux armes, citoyens ! etc.

Nous entrerons dans la carrière, (*)
Quand nos aînés n'y seront plus ;
Nous y trouverons leur poussière
Et la trace de leurs vertus.   (bis.
Bien moins jaloux de leur survivre,
Que de partager leur cercueil,
Nous aurons le sublime orgueil
De les venger ou de les suivre.
Aux armes, citoyens ! etc.

Français, en guerriers magnanimes,
Portez ou retenez vos coups :
Epargnez ces tristes victimes,
A regret s'armant contre nous.   (bis.
Mais ces despotes sanguinaires,
Mais les complices de Bouillé,
Tous ces tigres qui, sans pitié,
Déchirent le sein de leurs mères !
Aux armes, citoyens ! etc.
(Ici, on rallentit un peu le mouvement);
Amour sacré de la patrie,

(*) Ce couplet a été ajouté. On le met
dans la bouche des enfans.

Conduis , soutiens nos bras vengeurs :
Liberté , liberté chérie ,
Combats avec tes défenseurs !
Sous nos drapaux que la victoire
Accoure à tes mâles accens ;
Que tes ennemis expirans
Voient ton triomphe et notre gloire.
Aux armes , citoyens ! etc.

CHANT CIVIQUE.

Air : *Vous qui d'amoureuses avantures*

Veillons au salut de l'empire ,
Veillons au maintien de nos droits
Si le despotisme conspire ,
Conspirons la perte des rois.
Liberté ! liberté ! que tout mortel te rende
    hommage :
Tyrans , tremblez ! vous allez expier vos
    forfaits :
Plutôt la mort que l'esclavage ,
C'est la devise des Français.   (bis.

Du destin de notre patrie
Dépend celui de l'univers ;

Si jamais elle est asservie,
Tous les peuples sont dans les fers.
Liberté, Liberté ! etc.

Ennemis de la tyrannie,
Paraissez tous, armez vos bras :
Du fond de l'Europe avilie,
Marchez avec nous au combat,
Liberté, Liberté ! que ce nom sacré
      nous rallie :
Poursuivons les tyrans,
Punissons, punissons leurs forfaits :
Nous servons la même patrie,
Les hommes libres sont Français. (bis.

Ad. S. Rog.

***

NOTA. Nos lecteurs ne nous sauront pas mauvais gré sans doute, d'avoir mis dans un recueil de chansons nouvelles, ces deux dernières. Elles sont toujours à l'ordre du jour.

CHANT DU DÉPART.
Hymne de Guerre.
Par *** Musique de Méhul, un Représentant du Peuple.

HYMNE
à l'Être Suprême.
Par T. H. Desorgues. Musi: de Gossec.

Larghetto.

N° 2

Pe--re de l'U--ni--vers, su--

prême in--tel--li--gen--ce, bienfai--teur

i--gno--ré des a--veu--

gles mor--tels, lu

ré--vé--las tonêtre à la

re--con--nais--san--ce,

qui seule é--le--va

tes au--tels; qui seule

é--le--va tes au--tels;

HYMNE À LA VICTOIRE.

Sur la Bataille de Fleurus.

Par le Brun; Musique de Catel.

Fièrement.

No 3

C'est en vain que le Nord en-

fan - te et vomit d'affreux ba-tail-

-lons, leur corps est pro - mis aux sil-

-lons de no - - tre France tri-om - - -

-phan - - te . Fleu - rus, tes

champs cou-verts de morts, at-tes-tent

les heu-reux ef-forts de la va-

-leur Ré - pu - bli - - cai - - ne, tes

champs, fa-meux par nos ex-

-ploits, ont tra---hi l'es--

-poir et la hai-ne de cent.

Chœur.
mille es-cla-ves des rois. Non,

non, il n'est rien d'im-pos-

-si-ble à qui pré-tend vaincre

ou pé-rir ce cri: vi-vre

libre ou mou-rir, est le ser-

-ment d'être in-vin--ci--ble.

CHANSON PATRIOTIQUE.
Par Gueroult,
Musi: de Solie, de l'opéra Nal

LA CHÛTE DES TYRANS.
Couplets Patriotique.
Par Magol.
Musique de Devienne.

Nº 8

Vai-nement la ligue impuis-

-san-te des Rois con-tre nous con-ju-

-rés for-ge d'u-ne main me-na-

-çan-te ces fers par l'orgueil pré-pa-

-rés ces fers par l'orgueil pré-pa-

-rés nous o-sons bra-ver sa fu-

-ri-e dès qu'a la voix de la Pa-

-trie des millions de dé-fenseurs vien-

-nent d'ar-mer leurs bras vengeurs vien-

-nent d'ar-mer leur bras vengeurs.

HYMNE SUR L'ENFANCE
Par F. G. Desfontaines.
Musi: de Rigel Pere, de l'Institut National.
Aux Meres.

De ton fils, jeune et bon - ne

me - re préviens les cris, et les be-

soins; ne souf-fre pas qu'une é-tran -

-gè - - re lui don - ne son lait, et ses

soins. ces soins que sa faiblesse im-plo-re

sont les garans de ton bonheur;

ah qu'elle en se-ra la dou-ceur le

jour ou son cœur, près d'é-clor - re,

pal-pi - te - ra con-tre ton cœur; pal

- pi - te - ra contre ton cœur!

LES CANONS, Chanson Patriotique.
Par Coupigny.
Musique de Dalayrac.

A - mis, vos vers et vos chan-

-sons du Salpêtre ont chanté la gloire,

mais vous ou - bli - ez les Canons si

chers au dieu de la vic - toi - re.

honneur donc au Sal-pé - tri - er,

a son Art nous de - vons la Pou-

- dre, hon - neur encore au Ca - no -

- nier dont la main di - ri - ge la fou -

- dre , honneur encore au Ca-nonier

dont la main di - ri - ge la foudre .

LE CHANT DES VICTOIRES.
Hymne de Guerre.
Par Chénier, Représentant du Peuple.
Musique de Méhul.
Mouvement de Marche.

Fuyant ses vil-les conster-
-né-es, l'I-bère or-gueil-
-leux et ja-loux a
vû s'a-bais-ser de-vant
nous les deux som-mets
des Py-ré-né-es ses ty-
-rans ses in-qui-si-teurs
dans Ma-drid vont pay-er leurs

cri - mes: d'in - jus - - - tes

sa - cri - fi - ca - teurs de vien -

dront de jus - tes vic -

Refrain.

ti - - mes. Gloire au peu - ple fran -

çais; il sait ven - ger ses droits:

vi - ve la Ré - pu - - blique,

et pé - ris - sent les Rois!

vi - ve la Ré - publique et pé -

ris - sent les Rois!

CHANT, D'une Négresse.
Sur le Berceau de son Fils,
Par Coupigny, des B.aux de la Marine.
Musique de L. Jadin.
Andante.

Nº 5

Au jour plus pur qui t'é-clai-

-re ou-vre les yeux ô mon fils toi

seul con-so-lais ta mè--re dans

ses pé-ni--bles en-nuis si du som-

-meil qui te presse elle in-ter-rompt

la dou-ceur c'est qu'il tarde

à sa ten-dres-se de t'é-veil-ler

au bon-heur c'est qu'il tarde à sa ten-

--dres-se de t'é-veiller au bon-

-heur de t'é-veil-ler au bon-heur.

L'ORDRE DU JOUR.
Par Lille.
Musique de Méhul.
Moderato.

N°6

L'ordre du jour des vils despo-tes,c'est le crime,c'est la frayeur; l'ordre du jour des Patri-o-tes, c'est la ver-tu, c'est la va-leur,

Tremblez tyrans, votre impuissance est le prix de tous vos forfaits, la victoire est la récompense du brave et gé-néreux français, l'ordre du jour des vils despotes,c'est le crime,c'est la frayeur, l'ordre du jour des Patri-o-tes,c'est la ver-tu,c'est la va-leur.

Ere Républ.	Anciens jours.
1 primedi. n.l.le3	22 lundi. Sep.
2 duodi.	23 mardi.
3 tridi.	24 mercr.
4 quartidi.	25 jeudi.
5 quintidi.	26 vendr.
6 sextidi.	27 samedi
7 septidi.	28 *Diman*
8 octidi.	29 lundi.
9 nonidi. p.q.le 11	30 mardi.
0 *Décadi.*	1 mercr. OCT.
1 primedi.	2 jeudi.
2 duodi.	3 vendr.
3 tridi.	4 samedi.
4 quartidi.	5 *Dimanc.*
5 quintidi.	6 lundi.
6 sextidi. pl.l.le 18	7 mardi.
7 septidi.	8 mercr.
8 octidi.	9 jeudi.
9 nonidi.	10 vendr.
0 *Décadi.*	11 samedi.
1 primedi.	12 *Dimans.*
2 duodi.	13 lundi.
3 tridi. d. q. le 24.	14 mardi.
4 quartidi.	15 mercr.
5 quintidi.	16 jeudi.
6 sextidi.	17 vendr.
7 septidi.	18 samedi.
8 octidi.	19 *Dimanc.*
9 nonidi.	20 lundi.
0 *Décadi.*	21 mardi.

Ere Républ.	Anciens Jours.
1 primedi. n. l. le 2.	22 mercre. OC.
2 duodi.	23 jeudi.
3 tridi.	24 vendre.
4 quartidi.	25 samedi.
5 quintidi.	26 *Diman.*
6 sextidi.	27 lundi.
7 septidi.	28 mardi.
8 octidi.	29 mercre.
9 nonidi. p. q. le 10.	30 jeudi.
10 *Décadi.*	31 vendre.
11 primedi.	1 samedi. NOV.
12 duodi.	2 *Diman.*
13 tridi.	3 lundi.
14 quartidi.	4 mardi.
15 quintidi.	5 mercre.
16 sextidi.	6 jeudi.
17 septidi.	7 vendre.
18 octidi.	8 samedi.
19 nonidi.	9 dimanc.
20 *Décadi.*	10 lundi.
21 primedi.	11 mardi.
22 duodi. d. q. le 24	12 mercre.
23 tridi.	13 jeudi.
24 quartidi.	14 vendre.
25 quintidi.	15 samedi.
26 sextidi.	16 *dimanc*
27 septidi.	17 lundi.
28 octidi.	18 mardi.
29 nonidi.	19 mercredi
30 *Décadi.*	20 jeudi.

IIIe. MOIS.
FRIMAIRE.

Ere Républ.	Anciens Jours.
1 primedi. n.l.le 2	21 vendred. NOV.
2 duodi.	22 samedi.
3 tridi.	23 *Dimanc.*
4 quartidi.	24 lundi.
5 quintidi.	25 mardi.
6 sextidi.	26 mercred.
7 septidi.	27 jeudi.
8 octidi.p.q.le 10.	28 vendred.
9 nonidi.	29 samedi.
10 *Décadi.*	30 *Diman.*
11 primedi.	1 lundi. DÉC.
12 duodi.	2 mardi.
13 tridi.	3 mercred
14 quartidi.	4 jeudi.
15 quintidi.pl. l. le	5 vendred.
16 sextidi. 17	6 samedi.
17 septidi.	7 *Diman.*
18 octidi.	8 lundi.
19 nonidi.	9 mardi.
20 *décadi.*	10 mercred.
21 primedi.	11 jeudi.
22 duodi. d. q. le 24	12 vendred.
23 tridi	13 samedi.
24 quartidi.	14 *Diman.*
25 quintidi.	15 lundi.
26 sextidi.	16 mardi.
27 septidi.	17 mercred.
28 octidi.	18 jeudi.
29 nonidi.	19 vendred.
30 *Décadi.*	20 samedi.

IV. MOIS.
NIVOSE. (*Hyver.*)

Ere Républ.	Anciens Jours.
1 primedi. n.l.le 2.	21 dimanch. DEC.
2 duodi. ☺	22 lundi.
3 tridi.	23 mardi.
4 quartidi.	24 mercred.
5 quintidi.	25 jeudi.
6 sextidi.	26 vendred.
7 septidi.	27 samedi.
8 octidi.	28 dimanch.
9 nonidi. p.q.le 10	29 lundi.
10 Décadi. ☽	30 mardi.
11 primedi.	31 mercred.
12 duodi.	1 jeudi. JANV.
13 tridi.	2 vendred.
14 quartidi.	3 samedi.
15 quintidi. ☺	4 dimanch.
16 sextidi. p.l.le 16.	5 lundi.
17 septidi.	6 mardi.
18 octidi.	7 mercred.
19 nonidi.	8 jeudi.
20 Décadi.	9 vendred.
21 primedi.	10 samedi.
22 duodi. d.q.le 24.	11 d.manch.
23 tridi.	12 lundi.
24 quartidi. ☾	13 mardi.
25 quintidi.	14 mercred.
26 sextidi.	15 jeudi.
27 septidi.	16 vendred.
28 octidi.	17 samedi.
29 nonidi.	18 dimanc
30 Décadi	19 lundi.

Ère Républi.	Anciens Jours.
1 primedi. n. l. le 2.	20 mardi. JANV.
2 duodi ⚫	21 mercred.
3 tridi.	22 jeudi.
4 quartidi.	23 vendred.
5 quintidi.	24 samedi.
6 sextidi. p. q. le 8.	25 *dimanch.*
7 septidi.	26 lundi.
8 octidi. 🌙	27 mardi.
9 nonidi.	28 mercred.
10 *Décadi.*	29 jeudi.
11 primedi.	30 vendred.
12 duodi.	31 samedi.
13 tridi.	1 *dimanch.* FÉV.
14 quartidi.	2 lundi.
15 quintidi.	3 mardi.
16 sextidi. ☺	4 mercred.
17 septidi. p. l. le 16	5 jeudi.
18 octidi.	6 vendred.
19 nonidi.	7 samedi.
20 *Décadi.*	8 *dimanch.*
21 primedi.	9 lundi.
22 duodi.	10 mardi.
23 tridi. d. q. le 24.	11 mercred.
24 quartidi. 🌘	12 jeudi.
25 quintidi.	13 vendred.
26 sextidi.	14 samedi.
27 septidi.	15 *dimanch.*
28 octidi.	16 lundi.
29 nonidi.	17 mardi.
30 *Décadi.*	18 mercred.

Ere Republ.	Anciens Jours.
1 primedi. 🌑	19 jeudi. FEV.
2 duodi.	20 vendred.
3 tridi. n. l. le 1.	21 samedi.
4 quartidi.	22 dimanch.
5 quintidi.	23 lundi.
6 sextidi. p. q. le 8.	24 mardi.
7 septidi.	25 mercred.
8 octidi. ☽	26 jeudi.
9 nonidi.	27 vendred.
10 Décadi.	28 samedi.
11 primedi.	1 dimanch. MARS.
12 duodi.	2 lundi.
13 tridi.	3 mardi.
14 quartidi p. l. le 15.	4 mercred.
15 quintidi. 🌕	5 jeudi.
16 sextidi.	6 vendred.
17 septidi.	7 samedi.
18 octidi.	8 dimanch.
19 nonidi.	9 lundi.
20 Décadi.	10 mardi.
21 primedi. d. q. le	11 mercred.
22 duodi. 23	12 jeudi.
23 tridi. ☽	13 vendred.
24 quartidi.	14 samedi.
25 quintidi.	15 dimanch.
26 sextidi.	16 lundi.
27 septidi.	17 mardi.
28 octidi. n. l. le 30	18 mercred.
29 nonidi.	19 jeudi.
30 Décadi. 🌑	20 vendred.

VIIe. MOIS. (*Printems.*)
GERMINAL.

Ère Républ.	Anciens jours.
1 primedi.	21 samedi. MARS
2 duodi.	22 *Diman.*
3 tridi.	23 lundi.
4 quartidi	24 mardi.
5 quintidi.	25 mercre
6 sextidi.	26 jeudi.
7 septidi.	27 vendræd
8 octidi. pr. q. le 9	28 samedi.
9 nonidi. ☽	29 *Diman.*
10 *Décadi.*	30 lundi.
11 primedi.	31 mardi.
12 duodi.	1 mercre. AVRIL.
13 tridi.	2 jeudi.
14 quartidi. p.l.le15	3 vendred.
15 quintidi. ☺	4 samedi.
16 sextidi.	5 *Diman.*
17 septidi.	6 lundi.
18 octidi.	7 mardi.
19 nonidi.	8 mercre.
20 *Décadi.*	9 jeudi.
21 primedi. d. q. le	10 vendred.
22 duodi. 23	11 samedi.
23 tridi. ☾	12 *Diman.*
34 quartidi.	13 lundi.
25 quintidi.	14 mardi.
26 sextidi.	15 mercred.
27 septidi.	16 jeudi.
28 octidi.	17 vendred.
29 nonidi. n.l.le30.	18 samedi.
30 *décadi.* ●	19 *diman.*

VIIIe. MOIS.
FLOREAL.

Ere Républ.	Anciens jours.
1 primedi.	20 lundi. AVRIL.
2 duodi.	21 mardi.
3 tridi.	22 mercred.
4 quartidi.	23 jeudi.
5 quintidi.p.q.le 7	24 vendred.
6 sextidi.	26 samedi.
7 septidi. ☽	25 *diman.*
8 octidi.	27 lundi.
9 nonidi.	28 mardi
10 *Décadi*	29 mercred
11 primedi.	30 jeudi.
12 duodi.	1 vendred. MAI.
13 tridi.	2 samedi.
14 quartidi.p.l.le 16	3 *diman.*
15 quintidi.	4 lundi.
16 sextidi. ●	5 mardi.
17 septidi.	6 mercred.
18 octidi.	7 jeudi.
19 nonidi.	8 vendred.
20 *Décadi.*	9 samedi.
21 primedi.	10 *iman.*
22 duodi.d.q.le 23.	11 lundi.
23 tridi. ☾	12 mardi.
24 quartidi.	13 mercred
25 quintidi.	14 jeudi.
26 sextidi.	15 vendred.
27 septidi.	16 samedi.
28 octidi. n.l.le29.	17 *diman.*
29 nonidi. ●	18 lundi.
30 *Décadi.*	19 mardi.

IX e. MOIS.
PRAIRIAL.

Ere républi.	Anciens Jours.
1 primedi.	20 mercred MAI.
2 duodi.	21 jeudi.
3 tridi.	22 vendred.
4 quartidi. ☽	23 samedi.
5 quintidi.	24 *diman.*
6 sextidi. p.q le 6.	25 lundi
7 septidi.	26 mardi.
8 octidi.	27 mercred.
9 nonidi.	28 jeudi.
10 *Décadi.*	29 vendred.
11 primedi.	30 samedi.
12 duodi. pl.l.le 14	31 *diman.*
13 tridi.	1 lundi. JUIN.
14 quartidi. ☺	2 mardi.
15 quintidi.	3 mercre.
16 sextidi.	4 jeudi.
17 septidi.	5 vendred.
18 octidi.	6 samedi.
19 nonidi.	7 *diman.*
20 *Décadi.*	8 lundi.
21 primedi.	9 mardi.
22 duodi. ☾	10 mercred.
23 tridi. d. q. le 22.	11 jeudi.
24 quartidi.	12 vendred.
25 quintidi.	13 samedi.
26 sextidi. n.l.le 28.	14 *diman.*
27 septidi.	15 lundi.
28 octidi. ●	16 mardi.
29 nonidi.	17 mercred.
30 *Décadi.*	18 jeudi.

Ere *Républ.*	Ancien *jours.*
1 primedi.	19 vendred. JUIN
2 duodi.	20 samedi.
3 tridi.	21 *dimanch.*
4 quartidi. ☽	22 lundi.
5 quintidi.	23 mardi.
6 sextidi. p. q. le 6.	24 mercred.
7 septidi.	25 jeudi.
8 octidi.	26 vendred.
9 nonidi.	27 samedi.
10 *Décadi.*	28 *diman.*
11 primedi.	29 lundi.
12 duodi. pl.l.le14.	30 mardi.
13 tridi.	1 mercred. JUIL.
14 quartidi. ☺	2 jeudi.
15 quintidi.	3 vendred.
16 sextidi.	4 samedi.
17 septidi.	5 *Diman.*
18 octidi.	6 lundi.
19 nonidi d.q.le 21	7 mardi.
20 *Décadi.*	8 mercred.
21 primedi. ☾	9 jeudi.
22 duodi.	10 vendred.
23 tridi.	11 samedi.
24 quartidi.	12 *diman.*
25 quintidi.	13 lundi.
26 sextidi.	14 mardi
27 septidi. n.l.le28	15 mercre.
28 octidi. ●	16 jeudi.
29 nonidi.	17 vendred.
30 *Décadi.*	18 samedi.

XIe. MOIS.
THERMIDOR.

Ère Républ.	Anciens Jours.
1 primedi.	19 Dimai. JUIL.
2 duodi.	20 lundi.
3 tridi. pr. q. le 5	21 mardi.
4 quartidi.	22 mercred.
5 quintidi. ☽	23 jeudi.
6 sextidi.	24 vendred.
7 septidi.	25 samedi.
8 octidi.	26 Diman.
9 nonidi.	27 lundi.
10 Décadi.	28 mardi.
11 primedi. pl. l. le	29 mercred.
12 duodi. 13	30 jeudi.
13 tridi. ☺	31 vendred.
14 quartidi.	1 samedi. AOUT.
15 quintidi.	2 Diman.
16 sextidi.	3 lundi.
17 septidi.	4 mardi.
18 octidi. d.q.le 20.	5 mercred.
19 nonidi.	6 jeudi.
20 Décadi. ☾	7 vendred.
21 primedi.	8 samedi.
22 duodi.	9 Diman.
23 tridi.	10 lundi.
24 quartidi.	11 mardi
25 quintidi.	12 mercred.
26 sextidi. n.l.le 27	13 jeudi.
27 septidi. ☉	14 vendred.
28 octidi.	15 samedi.
29 nonidi.	16 dimanc.
30 Décadi.	17 lundi.

XIIe. MOIS.
FRUCTIDOR.

Ère Républ.	Anciens Jours.
1 primedi.	18 mardi. AOUT.
2 duodi.	19 mercred.
3 tridi.	20 jeudi.
4 quartidi. p.q. le 5	21 vendred.
5 quintidi ☽	22 samedi.
6 sextidi.	23 Diman.
7 septidi.	24 lundi.
8 octidi.	25 mardi.
9 nonidi.	26 mercred
10 Décadi.	27 jeudi.
11 primedi.	28 vendred.
12 duodi. pl.l. le 13	29 samedi.
13 tridi. ☻	30 Diman.
14 quartidi.	31 lundi.
15 quintidi.	32 mardi.
16 sextidi.	1 mercred. SEPT.
17 septidi.	2 jeudi.
18 octidi.	3 vendred.
19 nonidi. d. q. le 20.	4 samedi.
20 Décadi. ☾	5 Diman.
21 primedi.	6 lundi.
22 duodi.	7 mardi.
23 tridi.	8 mercred.
24 quartidi.	9 jeudi.
25 quintidi.	10 vendred.
26 sextidi. n.l. le 27.	11 samedi.
27 septidi. ☻	12 diman.
28 octidi.	13 lundi.
29 nonidi.	14 mardi.
30 Décadi.	15 mercred.

Jours complémentaires, appelés les Sanculotides.

Ces cinq jours sont consacrés à diverses fêtes nationales, telles que celles

1	Des Vertus.	17	jeudi.
2	Du Génie.	18	vendredi.
3	Du Travail.	19	samedi.
4	De l'Opinion.	20	Dimanche.
5	Des Récompenses	17	lundi.

FÊTES DÉCADAIRES,

Dans l'ordre qu'elles ont été décrétées.

1 A l'Etre suprême et à la nature.
2 Au genre-humain
3 Au peuple français.
4 Aux bienfaiteurs de l'humanité.
5 Aux martyrs de la liberté.
6 A la liberté et à l'égalité.
7 A la République.
8 A la liberté du monde.
9 A l'amour de la patrie.
10 A la haine des tyrans.
11 A la vérité.
12 A la justice.
13 A la pudeur.
14 A la gloire et à l'immortalité.
15 A l'amitié.
16 A la frugalité.
17 Au courage.
18 A la bonne-foi.
19 A l'Héroïsme.

FÊTES DÉCADIARES.

20 Au désintéressement.

21 Au stoïcisme.

22 A l'amour.

23 A la foi conjugale.

24 A l'amour paternel.

25 A la tendresse maternelle.

26 A la piété filiale.

27 A l'enfance.

28 A la jeunesse.

29 A l'âge viril.

30 A la vieillesse.

31 Au malheur.

32 A l'agriculture.

33 A l'industrie.

34 A nos Aïeux.

35 A la postérité.

36 Hu bonheur.

TABLE DES MATIERES.

Fin de la Table.

www.ingramcontent.com/pod-product-compliance
Lightning Source LLC
Chambersburg PA
CBHW070906030726
47504CB00005B/1476